Magne Hovden
Scheißrentiere

PIPER

Zu diesem Buch

Leif und Roy, zwei Postler aus Kirkenes, träumen davon, das schnelle Geld zu machen und damit auch gleich noch die Frauen zu beeindrucken. Da hat Roy eine ebenso einfache wie geniale Idee: ein Erlebniscamp, in dem gestresste Urlauber wie Samen leben und im Kontakt mit der Natur wieder zu sich finden können – in der Ostfinnmark, einer touristisch noch kaum erschlossenen Region Norwegens. Die Besucher werden begeistert sein von der nordischen Exotik. Mit inbegriffen: das Joiken typischer Samen-Gesänge, Rentierjagd mit dem Lasso und der Genuss von »Geisterbräu«, gefärbtem Wodka mit Wacholderbeeren. Mit gemieteten Rentieren, einer gemütlichen Feuerstelle und ein paar improvisierten Einrichtungen ist »Samenland« schnell aus dem Boden gestampft. Braucht ja niemand zu merken, dass Leif und Roy in Wirklichkeit wenig Ahnung von den Traditionen der Samen haben. Anfangs scheint in Samenland alles gut zu gehen – die Leihzelte stehen, die ersten japanischen Touristen sind begeistert, samische Filzmützen finden reißenden Absatz. Doch dann fängt ein politisch korrektes französisches Paar an, lästige Frage zu stellen …

Magne Hovden, geboren 1974 im norwegischen Alesund, arbeitet als Schriftsteller, Cartoonist, Übersetzer, Literaturagent, Transportunternehmer und Goldgräber. Er hat in Norwegen mehrere Bücher veröffentlicht; »Scheißrentiere« ist das erste, das auch auf Deutsch vorliegt. Wie seine beiden Romanhelden lebt der Autor in Kirkenes, früher der letzte Außenposten der westlichen Welt nördlich des Polarkreises.
Weiteres zum Buch: www.sameland.net

Magne Hovden

Scheiß-Rentiere

Ein Abenteuer in Nordnorwegens östlicher Finnmark

Aus dem Norwegischen von
Frank Zuber

Piper München Zürich

Mehr über unsere Autoren und Bücher:
www.piper.de

Die Übersetzung wurde gefördert von NORLA
Norwegian Literature Abroad, Oslo.

MIX
Papier aus verantwortungsvollen Quellen
FSC® C083411
FSC
www.fsc.org

Ungekürzte Taschenbuchausgabe
1. Auflage Mai 2012
2. Auflage August 2012

Titel der norwegischen Originalausgabe:
»Sameland«

Umschlaggestaltung: Birgit Kohlhaas, Egling
Umschlagabbildungen: Jesper Egemar (Coverillustration)
Satz: Satz für Satz. Barbara Reischmann, Leutkirch
Gesetzt aus der Minion
Papier: Munken Print von Arctic Paper Munkedals AB, Schweden
Druck und Bindung: CPI – Clausen & Bosse, Leck
Printed in Germany ISBN 978-3-492-27463-0

Joik ist stärker als Schießpulver.
Sverre Kjeldsberg / Mattis Hætta

Der eigene Erfolg ist das Beste, aber die Niederlage eines anderen ist auch nicht zu verachten.
Herman Wildenvey

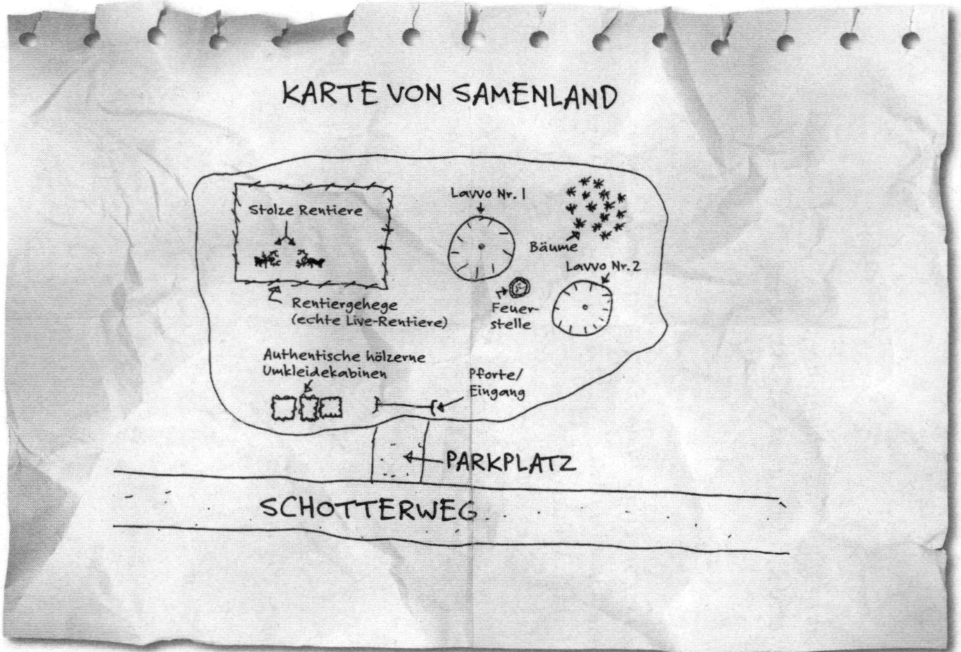
KARTE VON SAMENLAND
Stolze Rentiere
Rentiergehege
(echte Live-Rentiere)
Lavvo Nr. 1
Bäume
Lavvo Nr. 2
Feuer-
stelle
Authentische hölzerne
Umkleidekabinen
Pforte/
Eingang
PARKPLATZ
SCHOTTERWEG

KAPITEL 1

»Eiswürfel.«

»Was?«

»Eiswürfel, Roy.«

Roy Åsen und Leif Samuelsen saßen an einem See am Jarfjordfjell in der Nähe von Kirkenes und starrten auf das Wasser. Die Angelschnur hing locker an der Rute, gab im Wind nach und formte einen Bogen auf dem Wasser. Der Schwimmer war in den Kräuselwellen kaum zu erkennen.

»Keine normalen Eiswürfel, sondern Eiswürfel aus arktischem Gebirgswasser. In Eiswürfeltüten aus dem Supermarkt. Die Japaner werden sie kübelweise im Internet bestellen. Wir werden Bars und Hotels in der ganzen Welt beliefern.«

»Viel zu anstrengend. Ich lauf doch nicht mit Kanistern und dem ganzen Zeug die Berge hoch und runter. Außerdem bestellt keiner Eiswürfel im Internet.«

»Das Wasser aus deinem Wasserhahn kommt doch direkt aus einem arktischen Bergsee. Wir stecken eine Multebeere in jeden Eiswürfel. Auf die Idee ist bisher noch niemand gekommen. Wir werden die Eiswürfelindustrie revolutionieren.«

»Es gibt keine Eiswürfelindustrie, Leif. Nur eine Eiswürfeltüten- und Wasserindustrie. Und eine Eiswürfelmaschinenindustrie. Die modernen Kühlschränke haben so was vorne dran.«

»Ja. Aber niemand hat jemals Eiswürfeltüten mit arktischem Gebirgswasser und Multebeeren verkauft. Fertig zum Einfrieren, das ist das Geniale daran. Exklusiv. Die Leute lieben so was.«

»Genial. Und wie willst du die Multebeeren durch das kleine Loch in der Eiswürfeltüte kriegen?«

»Das ist doch gar nicht … Was verstehst du schon von der Eiswürfelproduktion?«

Roy stand auf, nahm seine Angelrute und holte den Schwimmer langsam ein. Ab und zu zog er die Rute mit einem Ruck zu sich heran, sodass der Schwimmer kleine Sprünge machte. »Mehr als du, offenbar. Achtung, jetzt hol ich mir eine ganz Fette. Man muss die Forellen mit dem Schwimmer ärgern, dann beißen sie an. Forellen sind total launisch; es gibt keinen anderen Süßwasserfisch, der so launisch ist.«

»Sprich mit ihnen, Roy.«

»Was?«

»Um sie zu ärgern. Sprich mit den Fischen. Dein Dialekt wird sie in den Selbstmord treiben, sie werden an Land hüpfen und vor deinen Füßen krepieren. Erzähl ihnen von den Heringstrawlern und den schönen Frauen in Ålesund.«

Ein Hering war aus dem sandigen Boden gerutscht, und der dunkelgrüne Zeltstoff flatterte im Wind. Das Geräusch erinnerte Leif an die bunten Plastikplättchen, die er als Kind am Fahrrad befestigt hatte und die beim Fahren in den Speichen ratterten. Er spießte einen neuen Regenwurm auf den Haken und stand auf. Dann kurbelte er die Schnur ein Stück ein, legte den Zeigefinger auf die Rolle und ließ die Rute von zehn vor bis zehn nach und wieder zurückschnellen, bevor er den Zeigefinger von der Rolle nahm und die Schnur laufen ließ. Der Schwimmer landete mitten im See und verursachte ringförmige Wellen, die in kürzester Zeit vom Wind aufgelöst wurden. »Das ist wie bei deiner Uhr, Roy«, hatte sein Vater gesagt, »die Spitze der Rute ist der Minutenzeiger. Er muss auf zehn vor stehen, wenn du anfängst. Bei zehn nach hörst du auf und gehst wieder auf zehn vor zurück, dann erst lässt du die Schnur laufen.« Roy hatte gelernt, wie man Würmer auf einen Haken zieht, bevor er allein aufs Klo gehen konnte.

»Gestern hab ich Hege im Spar getroffen.« Er ging in die Hocke, um die Finger abzuspülen, und behielt den Schwimmer im Auge. Manchmal bissen sie an, sobald er gelandet war, als würden sie sich über die Störung ärgern und wütend zuschnappen. »Ihre Mutter ist sechzig geworden, deshalb war sie in Kirkenes. Frode war auch dabei.«

Er wischte die Hände an der Hose ab und setzte sich wieder neben Leif.

»Der Filmstar aus Berlevåg?«

»Ja, Frode der Filmstar. Was hat er, was ich nicht habe?«

Leif hatte die Zigarette so weit aufgeraucht, dass er sich fast die Finger verbrannte. Er schnipste den Stummel in die Feuerstelle vor ihrem Zelt. »Den Glamour-Faktor.«

»Ein fünfzig Jahre alter Optiker mit Glatze!«

»Das spielt keine Rolle. Prominenz macht die Frauen ganz verrückt vor Lust.«

Roy nickte. »Wie viele Jahre ist es her, seit *Heftig und begeistert* im Kino lief? Und der wird immer noch erkannt. Es war das erste Mal, dass ich sie wiedergesehen habe, seit sie mit diesem Chorwichser abgehauen ist. Ich dachte, ich würde heulen oder mich sonst wie blamieren, oder was Peinliches sagen, aber es lief eigentlich ganz gut. Bis auf eine Kleinigkeit. Als die Verkäuferin Frode um ein Autogramm bat, hab ich Hege erzählt, dass wir gerade ein samisches Erlebniszentrum für Touristen aufbauen und schon den ganzen Sommer lang ausgebucht sind.«

»Ein samisches Erlebniszentrum? Damit hast du sie bestimmt so beeindruckt, dass sie auf allen vieren zu dir zurückgekrochen kommt, Roy. Die Idee ist fast so gut wie Arctic Power Powder.«

Vor vier Jahren hatten sie die Produktion von Arctic Power Powder geplant, eine Mischung aus fünf Prozent gemahlenem Rentiergeweih und 95 Prozent Puderzucker, die Männern in aller Welt gigantische Erektionen bescheren sollte. In Roys Wohnzimmer, wo sie sich auf dem Discovery Channel Dokumentarserien über die Herstellung von Reißverschlüssen oder den Bau unterseeischer Zugtunnel ansahen, hatten sie die Herstellungskosten optimistisch auf maximal zwei Kronen pro Packung berechnet, dazu kamen 21 Kronen Porto für den weltweiten Luftpostversand.

Mit Gesamtkosten von 23 Kronen und einem Verkaufspreis von 24 amerikanischen Dollar hätten sie pro Packung Arctic Power Powder 134 Kronen verdient. Sie wollten es über eBay an Millionen von potenziellen Kunden verkaufen und rechneten mit einem täglichen Abverkauf von mindestens zwanzig Packungen, was ein wöchentliches Einkommen von rund 19 000 Kronen ergeben hätte. Sie wollten im Wechsel je einen Monat lang arbeiten und dann freihaben, und ein Arbeitstag sollte nicht länger als drei Stunden dauern.

Aber dann wurden sie von drei wütenden Samen in den Wald gejagt, als sie mitten in der Nacht Rentiergeweihe von einem Schlachtplatz stehlen wollten, und wegen Rohstoffmangels kam Arctic Power Powder nie auf den Markt.

»Ich will sie ja gar nicht zurück. Aber ich fürchte, dass ich nie wieder eine wie sie finde. Ich hab sie zum Lachen gebracht, Leif. Als wir uns das erste Mal trafen, habe ich sie zum Lachen gebracht. Mit ganz natürlichen, unverkrampften Witzen. Das hat davor noch nie bei Frauen geklappt, in die ich verliebt war.«

»Und was ist mit Jungs?«

»Was?«

»Die Jungs bringst du immer zum Lachen. Hast du dich schon mal gefragt, ob du vielleicht schwul bist? Wenn du mit Männern zusammen bist, plapperst du ungehemmt drauflos. Natürlich und unverkrampft.«

»Nein, deshalb ist man doch nicht gleich …«

»Zuckt dir kein bisschen der Rettich, wenn du mich in der Sauna siehst?«

»Verdammte Scheiße, ich sitze hier und …«

»Das macht nichts, Roy, ich werde immer dein Kumpel sein, auch wenn du scharf auf mich bist.«

»Leck mich am Arsch.«

»Keine Angst, ich werde dich deswegen nicht verarschen.«

Roy überprüfte seinen Schwimmer. Zehn Meter vor ihm sprangen ein paar Fische.

»Wir hätten in Oslo bleiben sollen. Sie hatte sich dort wohlgefühlt. Aber ich wollte ja unbedingt nach Irland.«

»Es wäre in jedem Fall so gekommen, Roy. Und den Berg runtergegangen. Egal, wo ihr gewohnt hättet. Echte Liebe kennt keine Geografie.«

»Herrgott, du solltest Schlagertexte für Bjørn Eidsvåg schreiben.«

»Bjørn Eidsvåg ist ein Mann mit Charisma. Und du weißt, dass ich recht habe.«

»Als wir wieder in Kirkenes waren und sie mir sagte, dass sie sich in einen vom Berlevåg-Männerchor verliebt hatte …«

»Hör auf damit, Roy. Das ist lange her. Es gibt genug Kühe auf der Weide, wie man so schön sagt.«

»Ja. Torhild, zum Beispiel.«

Leif sah ihn von der Seite an. »Torhild? Wer ist Torhild?«

»Eine Kundin von der Post. Sie arbeitet im Ärztezentrum. Sie ist hübsch. Aber ich kriege in ihrer Gegenwart keinen einzigen zusammenhängenden Satz heraus. Vielleicht sollte ich mich lieber gleich über die Klippe stürzen, als mich monatelang zu quälen und dann einzusehen, dass der Zug abgefahren ist. Oder in einem anderen Bahnhof hält.«

»Lass uns lieber aufhören mit der Klippenmetaphorik. Und die Züge lassen wir besser auch in Ruhe. Du wirst schon jemanden treffen, der schräg genug drauf ist, um dich zu mögen. Genau wie ich. Seit Nina mich verlassen hat, hab ich viele Frauen getroffen, die mich mögen.«

»Ich will aber was Dauerhaftes. Keine Sexbesuche bei verheirateten Frauen in den Wechseljahren.«

»Reife Frauen wissen, was sie wollen, Roy. Wenn du wüsstest …«

Sie hatten sich an die Feuerstelle gesetzt, und Leif zündete sich eine Zigarette an. Die Sonne stand tief, aber sie schien noch so hell, dass die Lichtreflexion auf dem Deckel der stählernen Thermoskanne Roy blendete, als er den Becher mit Kaffee zum Mund hob.

Leif holte Käsewürstchen und Hotdog-Brötchen aus dem Rucksack, legte sie neben die Feuerstelle und bürstete sich die Krümel von der Hose. Die Brötchen waren zerbröselt, als er sie aus der Tüte gezogen hatte. Frische Hotdog-Brötchen in den Läden von Kirkenes zu bekommen, war wie ein Lottogewinn. Leif zerbrach ein paar Zweige und häufte sie zusammen mit dünnen Streifen aus Birkenrinde in der Mitte der Feuerstelle auf. In der kahlen Gegend musste man weit laufen, um etwas anderes als dürre, kleine Wacholderzweige zu finden, aber sie hatten unterwegs Holz gesammelt. Sie waren über den alten Panzerweg gekommen, den die Deutschen im Zweiten Weltkrieg gebaut hatten, um schwere Geschütze an die russische Front zu transportieren. Von dort führte ein Pfad durch knorriges Heidekraut an den See. Eigentlich waren es nur zwei kaum sichtbare Fahrrillen im Gras, die weiter zur russischen Grenze führten, vorbei an Stellungen, in denen ausgelieferte Soldaten den Rückzug durch das offene Gelände verteidigt hatten. Verzweifelt hatten sie versucht, ihren Kameraden einen Vorsprung zu verschaffen, als Wellen von russischen Soldaten die Deutschen zurückschlugen. Es gab keine Deckung außer den Löchern, die sie in die Erde gegraben hatten. Überall lagen leere Patronenhülsen und hölzerne Munitionskisten herum, als wären sie erst gestern zurückgelassen worden. In entgegengesetzter Richtung ragte eine graue Abhörstation in den Horizont, eines der vielen Überbleibsel des Kalten Krieges.

Leif türmte immer größere Zweige und Äste über dem Häuflein auf, dann hielt er ein Streichholz an die Birkenrinde.

Er hatte eine Glatze, aber seine Bräune, die bis lange in den Winter hielt, und das symmetrische Gesicht mit dem markanten Kinn verliehen ihm eine Maskulinität, auf die Roy neidisch war und die Frauen mochten. Sogar den lächerlichen Schnurrbart ließen sie ihm durchgehen, obwohl meistens Brotkrümel darin hingen, festgekleistert von Dorschrogen- oder Bananenaufstrich.

»Survivor-Man.«

»Was?« Leif drehte sich zu Roy, der immer noch seinen Schwimmer beobachtete.

»Du bist der reinste Survivor-Man. Wie der im Discovery Channel. Oder Grillwürstchen-Man.«

»Wusstest du, dass der Käse in den ersten Käsewürstchen, die es gab, als durchgängiges Rohr in der Mitte von der Wurst lag?«

»Nein.«

»Wenn man mit einem Bier in der Hand vor dem Grill stand, fing der Käse an zu kochen und stand dann unter so einem Druck, dass die Wurst beim Anbeißen explodierte und dir heiße Käsesoße in die Fresse spritzte.«

»Ist dir das mal passiert?«

»Nein, ich hatte Glück.« Leif drehte sich wieder zum Feuer. »Heutzutage ist der Käse in kleinen Stückchen in der gesamten Wurst verteilt, gerade genug, damit der charakteristische Geschmack von geschmolzenem Käse bewahrt bleibt.«

»Du solltest Vorträge im Käsewürstchenmuseum halten.«

»Genau solche Ideen brauchen wir, Roy. Einfach, aber genial. Würstchen schmecken gut, Käse schmeckt auch gut. Und Käse in Würstchen, das ist genial. Wir müssen uns etwas Einfaches ausdenken, auf das noch nie jemand gekommen ist und das nicht viel Aufwand erfordert.«

»Ich finde immer noch, dass die RSC eine gute Idee war. So was gab es damals noch nicht, aber neulich habe ich im Radio gehört, dass jemand eine ähnliche Idee hatte. Wir hätten auf RSC setzen sollen. Die großen Sicherheitsfirmen hätten sich auf uns gestürzt, sobald wir auf dem Markt gewesen wären. Dann hätten wir den ganzen Mist an sie verkauft und für lange, lange Zeit wie die Fürsten leben können. Anstatt Briefmarken auf Umschläge zu pappen und uns von den Kunden anscheißen zu lassen, weil sie eine dreiviertel Stunde angestanden haben.«

RSC stand für Remote Security Company. Es sollte ein billiges Überwachungssystem für kleine und mittelgroße Firmen werden. Roy und Leif hätten strategisch platzierte Kameras mit Bewegungsmeldern an den Gebäuden montiert, und bei der kleinsten Bewegung hätte ein Computerprogramm die Bilder per Internet in das Remote Security Operational Center in Leifs Keller übertragen. Wenn es sich um einen Einbruchsversuch gehandelt hätte, wäre die Polizei umgehend vom Chief of Operations, Leif, alarmiert worden.

Sie waren überzeugt, dass die Remote Security Company die Sicherheitsbranche revolutionieren würde. Aber Überwachungskameras mit Bewegungsmeldern stellten sich als unerwartet teuer heraus. Und bis auf die gelegentlichen Besuche jener Webseiten, die einsame Männer ab und zu anklickten, hatten weder Roy noch Leif Erfahrung mit Computern und Programmierung. Außerdem hatte keiner von ihnen die leiseste Ahnung von Marketing, Buchführung oder wie man eine so große Firma gründet, also wurde nie etwas aus der Remote Security Company. Aber den Frauen, denen sie abends in der Stadt begegneten, erzählten sie nach wie vor, dass sie im Begriff wären, eine innovative Sicherheitsfirma zu gründen.

»Es bringt nichts, der nachzutrauern, Roy. Du jammerst alten Ideen hinterher und nörgelst über meine neuen. Denk dir doch selber mal was Neues aus, sonst wird das nie was.«

Erneut waren Fische an der Oberfläche zu sehen, diesmal bei Roys Schwimmer. Er stand auf, nahm die Angel und bewegte sie vorsichtig hin und her. Schaut euch den schönen Wurm an, dachte er. Kommt schon, holt euch den schönen fetten Wurm.

Leif spießte zwei Würstchen auf und lehnte den Spieß gegen einen Stein am Feuer. Dann ging er zu Roy ans Ufer zurück.

Die beiden liebten es, mit Schwimmern in kleinen Bergseen zu angeln. Die weite, unberührte Landschaft verleitete einen, sich einfach auf einen der Steine zu setzen, die Gletscher vor Millionen von Jahren hinterlassen hatten, und über das Leben nachzudenken. In dieser Umgebung schien es ganz natürlich, grundlegende Fragen des Lebens zu diskutieren. Aber das taten Roy und Leif nicht. Sie diskutierten die Möglichkeiten, wie sie zum schnellen Geld und ökonomischer Unabhängigkeit gelangen könnten. Sie hatten das Gefühl, dass ihnen das Schicksal etwas schuldete. Dass ein besseres Leben gleich um die Ecke wartete, um die sie allerdings niemals biegen würden.

Wieder sprangen die Fische, diesmal zehn Meter vom Schwimmer entfernt. Roy und Leif gingen zurück zum Lagerfeuer und aßen ihre Würstchen. Die Sonne wärmte Ende Mai noch nicht genug, das war auch der Grund, warum die Fische nicht anbeißen wollten. Der Schnee war früh geschmolzen, und in einem Monat, wenn die dünnen Birken grün waren, würde ein warmer Wind aus dem Südosten Russlands die Fische aus der Winterstarre wecken. Nach dem Essen blieben sie sitzen und beobachteten ihre Schwimmer, während Leif rauchte und eine Melodie vor sich hin summte, die Roy nicht kannte.

»Gestern hab ich eine Statistik in der Zeitung gesehen. Die Ostfinnmark wird in Zukunft von Touristen überschwemmt werden. Was wäre, wenn wir wirklich ein Samenlager eröffnen?«

Leif sah Roy an. »Was?«

»Für Touristen ist das exotisch, weißt du. Mitternachtssonne, Rentiere, arktische Tundra und der ganze Kram. Unsere Gegend gilt als touristisch unerschlossen.«

Leif schüttelte den Kopf und warf ein Schokoladenpapier ins Feuer, das immer heller wurde, je tiefer die Sonne hinter dem Berg mit der NATO-Abhörstation sank. »Es gibt schon genug Souvenirverkäufer hier. Wir sind nicht einmal Samen, Roy.«

»Ich hatte nicht vor, ein Samenzelt …«

»Lavvo.«

»Ich hatte nicht vor, ein Lavvo auf dem Marktplatz oder am Hurtigrutenkai aufzustellen, mich in Samenkluft zu werfen und laut joikend ein Rentier an der Leine zu führen. Ich denke an etwas Größeres. Meine Besucher sollen das Gefühl bekommen, *selber* ein Same zu sein.«

»Welcher vernünftige Mensch auf diesem Planeten will sich wie ein Same fühlen?«

»Touristen sind keine vernünftigen Menschen, Leif. Wer in den Urlaub fährt, will Geld ausgeben. Und man will etwas erlebt haben, womit man zu Hause angeben kann. An einem Ort wie Kirkenes kann man nicht viel Geld ausgeben, die Touristen laufen ratlos herum und suchen nach Abenteuern. Wenn wir ihnen anbieten, für eine kurze Zeit wie Samen zu leben, vielleicht nur einen Vormittag lang, bezahlen sie bestimmt gut dafür. Ausländische Touristen erwarten, dass alles in Norwegen verdammt teuer ist.«

»Jepp. Dann kriegen sie am Eingang Samentrachten und Samenmützen, genau wie im Wikingerland, oder wie dieser Park da unten in Tusenfryd heißt. Dort bekommt man Wikingerhelme und ein Schwert. Ich war da mal auf einer Weihnachtsfeier.«

Roy stand auf und befestigte den losen Hering, an dem das Zelttuch flatterte.

Der Wind blies ohne Widerstand über die nackte Landschaft aus vereinzelten Wacholderbüschen, Mooren und Geröllhalden. Aber er würde sich legen, sobald die Sonne untergegangen war.

»Ich meine es ernst, Leif. Das könnte gut werden. Richtig gut. Der Markt ist da, das Lager könnten wir auf deinem Grundstück in Pasvik errichten, und die Ausgaben wären nicht so hoch. Wir brauchen nur ein paar Lavvos und eine Feuerstelle, dann besorgen wir uns ein paar Rentiere, mit denen man Lassowerfen üben kann, und servieren Rentiergulasch. Ich glaube, wir könnten 750 Kronen für einen Vormittag nehmen, und vielleicht 1500 für einen ganzen Tag mit Übernachtung. Mit fünfzehn Übernachtungsgästen würden wir 22 000 Kronen am Tag verdienen.«

»Hört sich nach viel Arbeit an. Höllisch viel. Touristen können ganz schön anstrengend sein. Und wir müssten die ganze Zeit dort wohnen. Draußen im Moor, im Zelt. Hört sich ziemlich schlimm an. Weißt du, wie viele Mücken es da oben im Juli gibt? Die Touristen werden wahnsinnig werden.«

»Ich glaube, da irrst du dich. Ich glaube, die Touristen werden die Mücken lieben. Jedenfalls werden sie es lieben, daheim erzählen zu können, was für ein authentisches Samenerlebnis sie gehabt haben. ›Das hättest du sehen sollen! Wir hatten Mücken in den Ohren und in der Nase! Das war echt ein Erlebnis!‹, werden sie sagen. Das ist genau das, was sie wollen. Abenteuer. Eine Mückenplage ist das reinste Abenteuer für sie.«

Er zog eine Tüte Bonbons aus der Hosentasche und steckte ein rosa Karamell in den Mund.

Ab und zu, wenn der Wind sich legte, schwirrten ein paar früh geschlüpfte Eismücken um ihre Köpfe. Aus irgendeinem Grund waren sie größer als die Mücken, die Ende Juni schlüpften, aber sie wirkten schlapp und tollpatschig beim Anflug auf die Adern, die unter Roys und Leifs blasser Haut lockten.

»Du hast recht, es wird viel Arbeit. Verdammt viel Arbeit am Anfang und ziemlich viel Arbeit, wenn es dann losgeht. Aber die Saison dauert nur drei Monate. Mit einem Schnitt von fünfzehn Gästen pro Nacht haben wir nach drei Monaten ungefähr zwei Millionen Kronen verdient. Eine Million für jeden von uns! Für drei Monate Arbeit! Die Vormittagsgäste habe ich noch gar nicht mitgerechnet. Das ist schnelles Geld. Eine Goldgrube wird es, wenn wir ihnen den Eindruck vermitteln können, dass der Aufenthalt in unserem Samenlager ein exklusives Erlebnis ist, das man nirgendwo anders in der Welt kriegt. Das kann doch nicht so schwer sein, oder?«

Leif ging zum Wasser hinunter, um nachzusehen, ob noch etwas von dem Wurm am Haken übrig war.

»Samenland.«

Roy drehte sich zu ihm um.

»Samenland?«

»Wir nennen es Samenland. Genau wie dieses Disneyland oder Sommerland in der Telemark.«

KAPITEL 2

»Das ist doch ein Sumpf.«

»Ein bisschen moorig, vielleicht.«

»Es ist ein Sumpf, Leif.«

Von Roys Haus in Sandnes waren sie nach Pasvik gefahren und von der Landstraße auf den schmalen, holprigen Weg zum Museum in Strand abgebogen. Von dort führte eine Schotterpiste an den Rand eines länglichen Moores, wo Leif schließlich anhielt.

Leif zeigte auf die Bäume am Ende des Grundstücks. »Der Weg ist die westliche Grenze. Das Grundstück geht bis in den Wald. Und bis zu dem großen Stein da drüben.« Er ging die Schotterpiste weiter hinauf. »Komm schon, Dicker.«

Roy holte ihn ein, und sie gingen rund hundert Meter bergauf. Das Moor ging in einen Nadelwald über. Leif sprang ohne Vorwarnung über den Graben zwischen Schotterweg und Wald.

Er drehte sich zu Roy um, warf die Arme in die Luft und grinste so breit, dass die Wangenknochen unter seinen braunen Augen wie zwei Brötchen aussahen. »Das hier ist Samenland.«

Roy sah an ihm vorbei.

Die Kiefern standen in großem Abstand voneinander, der Waldboden war trocken und mit Kiefernnadeln bedeckt, frei von Büschen und Gestrüpp.

»Was sagst du dazu, Roy?«

Ein paar Bäume würden sie fällen müssen, aber das war alles. Das Wäldchen war groß genug für mindestens vier große Lavvos und ein Rentiergehege. Roy sah Leif an und nickte. »Ja, das hier ist Samenland.«

»Das Beste hast du noch nicht gesehen.« Leif rannte in den Wald und verschwand hinter einem kleinen Hügel. Roy lief ihm hinterher und fand ihn an einem schönen Bach, der sich durch den Wald schlängelte. Zwischen zwei großen, bemoosten Steinen ergoss sich ein Wasserfall in ein kleines Becken. »Schön, oder?«

Roy nickte erneut.

»Dieser Bach ist perfekt, Roy. Hier können wir ein paar goldfarbene Steinchen ins Wasser streuen und die Touristen Gold waschen lassen. Ich sehe sie schon vor uns knien. Japaner in Samentracht strecken ihre Hintern in die Luft und tauchen die Pfannen ins Wasser. Sie werden sich bepissen vor Begeisterung.«

Roy stellte sich Japaner vor, die mit dunklen Flecken im Schritt durcheinanderschrien und jauchzten. »Haben die Samen eigentlich je Gold gewaschen?«

Leif sah ihn an. »In Samenland geht alles, Roy. In Samenland geht alles.«

KAPITEL 3

Der Rentierzuchtverband Sør-Fosen verlangt die sofortige Einstellung jeglicher Planung von Windmühlenparks in Fosen. Alle bereits erteilten Baugenehmigungen müssen zurückgezogen werden.

»Das ist schlimmer als der Staudamm in Alta«, sagte der Anwalt Geir Haugen auf der Pressekonferenz in Trones und benutzte starke Worte. Aus Sicht der Rentierzüchter ist das Windmühlenprojekt der größte Angriff auf samische Interessen in der Geschichte des Landes.

»Noch nie zuvor haben wir eine massivere Bedrohung der Urbevölkerung Norwegens erlebt«, behauptete Haugen. In seinen Augen steht Norwegen an erster Stelle, was die Unterdrückung der eigenen Urbevölkerung anginge.

Die Sache werde an den Europäischen Gerichtshof für Menschenrechte in Straßburg weitergeleitet, wenn die ILO keine Lösung fände. Arvid Jåma vom Verband Sør-Fosen erklärte, eine Realisierung des Windmühlenparks würde das Ende der samischen Rentierzucht bedeuten.

Audun Gåsland schaltete das Radio aus. Als er vom Tisch aufstand, sah er sein Spiegelbild in der Glastür des Einbauschranks. Ein klebriger, dunkelbrauner Haarschopf hing über der Stirn und verdeckte einen reifen Pickel. Unter den braunen, eng stehenden Augen lagen tiefe Ringe, die Haut glänzte und die Wangen waren mit dichten Bartstoppeln übersät. Das kleine Kinn und die schmalen Schultern ließen ihn untersetzt aussehen, obwohl er es eigentlich nicht war. Windmühlen, dachte er. Kann man Windmühlen fällen?

Audun war 34 Jahre alt und in Kjøllefjord mit seiner Mutter, seinem Vater und dem Golden Retriever Gonzo aufgewachsen. Vor vier Monaten war er in den Bjørkeveien auf Prestøya in Kirkenes gezogen, nachdem er einen Job in der Finanzabteilung der Gemeinde Sør-Varanger angenommen hatte. Er wohnte in einem der braunen Einfamilienhäuser, die früher der Bezirksregierung gehört hatten und den Klinikärzten vorbehalten gewesen waren. Man sah dem Haus an, dass zu viele Menschen für zu kurze Zeit darin gewohnt hatten, um es ein Heim werden zu lassen. Die Wände brauchten einen neuen Anstrich, und das Gras hatte einen Teil des Parkplatzes erobert. Aber Audun hatte Wichtigeres zu tun.

Vor 22 Jahren, Audun war zwölf, wurde Gonzo von Samen getötet. Sie hatten behauptet, er hätte ihre Rentierherde angegriffen, und darum hatten sie ihn mit einer Schrotflinte erschossen. Der Anblick des toten Hundes und die Gewissheit, dass Gonzo niemals auf die Idee gekommen wäre, ein Rentier anzugreifen, hatten einen tiefen und aufrichtigen Hass auf Samen in ihm geweckt. Gonzo war sein einziger Freund gewesen. Wegen einer Hautkrankheit hatte Audun in seiner Kindheit jeden Morgen den Kopf mit einem übel riechenden Mittel einreiben müssen, und keiner wollte mit ›Stinkeschädel‹ spielen. Gonzo aber war der Gestank egal gewesen. Gonzo hatte sich immer gefreut, ihn zu sehen. Der treue Hund hatte dem Jungen Trost gespendet, wenn er nachmittags aus der Schule gekommen war. Zusammen lagen sie im Keller auf dem Sofa, Gonzo und er gegen den Rest der Welt. Seit Gonzos Tod hasste Audun die ganze Welt. Er ließ seinem Hass freien Lauf, ließ sich von ihm leiten, schöpfte

Kraft aus ihm. Er hasste alle und jeden, aber am meisten hasste er die Samen.

1989 war er aus seinem ersten Job im Rimi-Markt von Tana gefeuert worden, weil er eine Tüte Kartoffelsticks »ausgeliehen« hatte. Er hatte zwar mehrfach beteuert, dass er sie bezahlen wollte, aber es hatte nichts geholfen. Der Geschäftsführer, der ihn damals gefeuert hatte, war ein Same.

Fünf Jahre später, nachdem er eine Ausbildung als Rechnungsprüfer absolviert hatte, arbeitete er in der Finanzabteilung von Båtsfjord, aber die Gemeinde kündigte ihm, nachdem er drei Bürostühle, einen kleinen Kopierer und einen Computer »für zu Hause ausgeliehen« hatte. Der Personalchef war ein Same.

Am 18. Januar 1998 wurde ihm bei einer Schlägerei vor dem Restaurant Cordoba in Alta die Nase gebrochen. Audun hatte einen Skispringer herausgefordert, weil dieser mit seiner ersten und einzigen großen Liebe, der stattlichen und großmäuligen Finnin Saara Keikkonen, geflirtet hatte. Sie verließ ihn mit dem Skispringer knutschend. Der Skispringer war ein Same.

Die gebrochene Nase brachte das Fass zum Überlaufen. Er drehte durch, fuhr mit seinem mintgrünen Ford Sierra kreuz und quer durch die Finnmark und zerstörte Gammen, samische Hütten. Weit oben in den Bergen und auf der Hochebene, wo kaum Menschen unterwegs sind, überschüttete er die Gammen mit Benzin und zündete sie an oder verwüstete sie mit der Motorsäge.

Alle Polizeikammern der Finnmark arbeiteten zusammen, um die 43 Fälle von Vandalismus gegen Gammen aufzuklären, aber es gelang ihnen nicht. Audun kam sich wie ein kriminelles Genie vor. Seit Jahren war er nicht mehr so zufrieden mit sich selbst gewesen. Vom Erfolg getrieben, setzte er seinen Guerillakrieg gegen die Samen fort. So hatte er wenigstens eine Aufgabe in einer Welt, in der alle gegen ihn waren. Audun Gåsland schlug zurück, für die vielen Male, die er sich als kleiner Junge in Kjøllefjord nicht hatte wehren können.

Und eines Tages landete ein Förderantrag für ein Projekt namens »Samenland« auf seinem Schreibtisch.

KAPITEL 4

Geir Hilmar Løvås stand auf der schmalen Laderampe hinter dem Einkaufszentrum von Kirkenes und beobachtete einen russischen Seemann, der gerade aus der Kimek-Werft kam, die sich wie ein riesiger Legoklotz auf der anderen Straßenseite erhob. Wahrscheinlich gehörte er zur Mannschaft des russischen Trawlers, der dort auf dem Trockenen lag, um gestrichen und überholt zu werden. An dem Schiffsrumpf war mehr Rost als Farbe zu sehen. Der Mann verschwand hinter dem Einkaufszentrum, und Geir Hilmar schob den Metallcontainer voller Pakete in den Aufzug.

Im ersten Stock lotste er den Container sicher zwischen Schnäppchenjägern hindurch, die auf der Suche nach billigen Kochbüchern und wasserdichten Rucksäcken die Geschäfte abklapperten. Am Wareneingang des Postamtes blieb er stehen, tippte den vierziffrigen Code ein, woraufhin sich die breite graue Metalltür öffnete. Der Container war voller Päckchen und Infobriefen. Im Lastwagen stand ein weiterer Container, für die Filiale im Prix Bjørnevatn. Dort wollte Geir Hilmar die drei Tüten mit Pfandflaschen abgeben, die vor dem Beifahrersitz auf dem Boden standen.

Vor drei Wochen hatten die Bierflaschen neben ihm, verstreut im Heidekraut gelegen. »Was zum Teufel wisst ihr über Einsamkeit?«, hatte er Roy und Leif angeschrien, die am Ufer standen und ihre Angelruten klarmachten. Dann war er von dem kleinen, in seinen Rucksack integrierten Campingstuhl gekippt und bis zu einem Stein gerollt. »Nichts! Nicht die Bohne.« So war es jedes Mal, wenn er mit zum Angeln kam und sich betrank. Darum luden sie ihn auch immer seltener ein. Offenbar fühlte er sich minderwertig in der stillen, endlosen Landschaft, und dass die einzigen Menschen im Umkreis von zehn Kilometern ihn ignorierten und lieber angelten, als seinen Erörterungen über die Einsamkeit zuzuhören, machte es auch nicht besser.

Im Postamt ging Geir Hilmar an Roy vorbei und stellte den Container an der Zementsäule im Sortierraum ab. Roy hielt einen Scanner in der Hand, mit dem er die Pakete vor dem Sortieren registrierte.

»Was ist mit Geldsendungen, Geir Hilmar?«

Geir Hilmar lachte. Sie hatten einen heimlichen Wettstreit um die beste Methode, ihren Arbeitgeber zu berauben. »Geldsendungen, wie was?«

Roy zeigte auf die rote Tasche für Wertsendungen, die Geir Hilmar in der Hand hielt. Sie war aus reißfestem, gummiartigem Kunststoff und mit kräftigem Klebstoff versiegelt, es war fast unmöglich, sie mit bloßen Händen aufzureißen. »Komm mit zum Sortiertisch.« Er nahm ihm die Tasche ab, schnitt sie mit einer Spezialschere auf und zog eine kleinere Tasche heraus, die an die Sparkasse Nordnorwegen adressiert war. »Siehst du, was hier steht?« Roy zeigte auf eine Zahl neben dem Adressfeld.

»Wert: 10 000,–«

»Richtig. Zehntausend Kronen.«

Beim Versenden von Wertpost musste aus versicherungstechnischen Gründen der Wert auf der Verpackung angegeben werden. Wenn dieser die Summe von 10 000 Kronen überschritt, stieg das Porto mit jedem weiteren Tausender.

»Vor ein paar Monaten hab ich aus Versehen eine Wertsendung an die Sparkasse Nordnorwegen geöffnet.« Roy legte die Tasche auf den Sortiertisch. »Ich dachte, sie sei für uns, weil wir auch Valuta bestellt hatten, und die Taschen von der Sparkasse sehen genau so aus. In der Tasche waren Dollars und Euros im Wert von 500 000 Kronen. Die Banken sind so verdammt geizig. Sie gehen das Risiko ein, bloß um Porto zu sparen. Die Sendungen sind nur bis 10 000 Kronen versichert, und dann verschicken sie eine halbe Million auf so unsicherem Weg. Hast du schon mal so einen Kurs mitgemacht, wo sie dir sagen, was du tun sollst, wenn ein Typ mit Maske und Revolver vor dir steht und die rote Tasche haben will? Bestimmt nicht, Geir Hilmar. Du hast noch nicht mal einen Alarmknopf, mit dem du die Polizei rufen kannst. Einfacher geht es nicht, oder?«

Geir Hilmar sah ihn an und nickte. »Imponierend, Roy. Aber du hast die Variablen vergessen. Wenn du mich fragst, sind da zu viele Zufälle im Spiel. Erstens: Wie kann man wissen, dass Valuta in der Wertpost sind? Die Banken bestellen nicht zu festen Zeiten, und man kann die Tasche ja nicht jeden Tag klauen, bis endlich Knete drin ist. Man muss also wissen, wann die Banken Geld bestellen, das macht das Ganze zu kompliziert, da brauchst du einen dritten Mann bei der Norwegischen Bank oder der Sparkasse. Wie willst du das hinkriegen?«

Roys Grinsen erstarb.

»Zweitens weiß man nie, wann diese Wertsendung Kirkenes erreicht. Der Postweg ist ja kaum vorhersehbar, wie du weißt, besonders hier oben in der Finnmark. Ich kann mir lebhaft vorstellen, wie du mit selbst gestrickter Sturmhaube und Spielzeugpistole an der Rampe wartest und der Flug annulliert worden ist, weil irgendein Pilot vergessen hat, die Uhr auf Sommerzeit umzustellen. Und was wolltest du denen sagen, die da draußen ihre Zigarettenpause machen, während du auf das Postauto wartest?«

Roy warf ihm einen wütenden Blick zu und begann mit dem Sortieren der Päckchen.

»Im Großen und Ganzen ein zweifelhafter Plan, Roy.«

»Musst du nicht vor zwölf die Expresspakete ausfahren, Geir?« Roy drückte auf den Knopf mit dem Schlüsselsymbol, und die Tür öffnete sich.

Geir Hilmar lachte. »Ich habe übrigens ab nächste Woche Urlaub.«

Am Montag wollte er nach Vardø fahren, wo die Norwegische Bank eine Hauptfiliale hatte.

KAPITEL 5

»Ich hätte nie gedacht, dass es so anstrengend ist, mit einer Motorsäge zu arbeiten.« Schweißperlen standen dort, wo einmal Leifs Haaransatz gewesen war, und er wischte sie mit dem Handrücken ab. »Sauschwer, das Ding, und drücken und schieben muss man auch noch. Ich dachte, das würde ganz von selbst sägen.«

Ein paar Krähen beäugten sie misstrauisch aus den Baumkronen, die hellgrün in der Morgensonne leuchteten. Leif und Roy verteilten kleine Baumstämme entlang der Grenze des Grundstücks, sodass man erahnen konnte, wie groß es war.

Roy ließ die Axt sinken. Er hatte eine große Kiefer entästet und legte alle Äste auf einen Haufen neben den Stamm. »Wem sagst du das? Ich hab die zwei größten Kiefern mit derselben Säge gefällt, und du hast die ganze Zeit genörgelt. ›Kann ich jetzt endlich die Motorsäge haben? Wir wollten uns doch abwechseln, jetzt bin ich dran.‹ Erinnerst du dich? Vor ungefähr einer halben Stunde. Zieh die Kette etwas nach und füll Kettenöl nach, dann sägt sie besser.« Ein kleiner, runder Schokoladenfleck vermischte sich mit seinen schwachen Sommersprossen, als er eine Fliege von der Nase wischte. Fleckenfresse. Der Spitzname hatte seit seinem ersten Schultag vor 27 Jahren an ihm geklebt, bis in der fünften Klasse ein Mädchen mit Schuppenflechte zum neuen Lieblingsopfer seiner Mitschüler wurde. Seine leuchtend roten

Haare waren im Laufe der Zeit zwar verblasst und jetzt fast braun, aber seine Augen waren so blau wie immer. Sie gehörten zum Schönsten, was sein Durchschnittsgesicht zu bieten hatte, und gemeinsam mit seiner Größe zogen sie hier und da die Blicke der Frauen an. Er war eins siebenundachtzig groß, und seine breiten Schultern lenkten von den Rettungsringen ab, die durch zu viel Bier und zu wenig Bewegung entstanden waren.

Eine Reihe Bäume ließen sie als Grenze zwischen Samenland und dem dahinterliegenden Moor stehen, auch um das Gelände intimer zu gestalten. Der Waldboden war kahl, abgesehen von ein paar Wacholderbüschen, die sie noch entfernen wollten. Blaubeerbüsche wuchsen wie grüne Krägen am Fuß der Baumstämme. Wahrscheinlich würden sie von den Touristen niedergetrampelt werden, bevor sie saftige Beeren trugen.

Nachdem drei große Kiefern zu Boden gegangen waren, verstummte die Motorsäge. Leif ging zu einem großen, flachen Stein, auf dem ein Fünfliterkanister Benzingemisch stand. Roy war am Abend zuvor bei Geir Hilmar gewesen und hatte die Säge ausgeliehen, die bei ihm im Keller an der Werkzeugwand hing. Bis auf ein Schraubenzieherset, das er sich vor zwei Jahren gekauft hatte aber nicht mehr finden konnte, besaß Roy kein Werkzeug. Und Leif bewahrte in seinem Keller statt Werkzeug Instrumente auf. Sie mussten sich alles ausleihen, um Samenland zu errichten.

Leif zog einen kleinen Schraubenschlüssel und einen Schraubenzieher aus der Werkzeugtasche, öffnete den Deckel der Säge und drehte an der kleinen Schraube über dem Griff. Die Kette spannte sich. Dann nahm er eine Literflasche Kettenöl und schüttete es ohne Trichter in den Öltank. Die Hälfte landete auf seiner grünen Armeehose, die er nach dem Dienst als Infanteriekoch in Sessvollmoen behalten hatte. »Scheiße! Blödes Öl. Sieh dir meine Hose an, so ein Mist!«

Roy schüttelte den Kopf. Er ließ die Axt in dem dicken Stamm stecken und holte den Rucksack. Leif hatte eingekauft, er war voller Sachen, bei deren Anblick der Ernährungspapst Dr. Fedon Lindberg sofort aufs Klo gerannt wäre und sich den Finger in den Hals gesteckt hätte. Roy packte zwei große Tüten Chips aus. »Du weißt doch, dass ich am liebsten Sour Cream and Onion mag, und dann kaufst du zwei Tüten Käse-Zwiebel.«

»Ist nur zu deinem Besten.«

»Was soll das heißen?«

»Jedes Mal, wenn du Sour Cream and Onion gegessen hast, riechst du aus dem Mund wie eine französischen Nutte aus dem 16. Jahrhundert, und ich muss es ertragen.«

Roy öffnete seine Chipstüte und suchte im Rucksack nach Getränken. Er fand eine Flasche Dr. Pepper und lächelte. Er kannte niemand anderen, der Dr. Pepper mochte, nicht einmal Leif. »Meinst du nicht, dass Käse-Zwiebel-Chips denselben Effekt haben?«

Das Auslichten des Grundstücks ging schnell voran, zwischen den großen Kiefern war genügend Abstand. Sie rechneten damit, bereits am nächsten Tag fertig zu sein, je nachdem, wie der Samstagabend sich entwickelte. Geir Hilmar hatte sich eine Karaokemaschine gekauft.

»Wir brauchen zwei Lavvos.« Leif zeigte auf die Stellen, wo er die Zelte aufstellen wollte. »Dann bauen wir in der Mitte eine Feuerstelle mit Sitzplätzen drum herum und kochen Giros.«

»Ist Giros nicht so ein griechisches Pitazeug?«

Leif schüttelte den Kopf. »Nein, das heißt Gyros. Giros ist ein samischer Eintopf mit Rentierfleisch. Schmeckt nicht besonders, aber für Ausländer ist das was Tolles. Wenn Rentierfleisch bloß nicht so scheißteuer wäre. Vielleicht können wir stattdessen Hackfleisch nehmen. Oder Koteletts klein schneiden und obendrauf schmeißen. Die Japsen merken doch keinen Unterschied.«

»Weiß nicht, ob das so klug ist. Wäre ganz schön peinlich, wegen Etikettenschwindel aufzufliegen.« Roy stellte die Dr.-Pepper-Flasche ab. »Ich hab im Internet gecheckt, was ein Lavvo kostet. Ein großes mit Schlafplätzen für zehn Personen kostet 25 000. Das können wir uns nicht leisten, selbst wenn wir einen Zuschuss von der Gemeinde bekommen. Und das waren nur Lavvos aus Nylontuch, nicht aus Rentierfell.«

»Wir brauchen unbedingt welche aus Rentierfell, Roy.«

»Dann müssen wir wohl einen echten Samen mit der Anfertigung beauftragen. Das wird dann noch teurer.«

Leif steckte eine Handvoll Chips in den Mund und redete unbeirrt weiter. Kleine Käse-Zwiebel-Krümel blieben an dem Ölfleck auf seiner Hose kleben. »Kennst du den großen Rastplatz zwischen Inari und Ivalo drüben in Finnland? Wo sie Kobolde und anderen Krimskrams aus Rentierhorn verkaufen. Da steht ein Samenlager im Wald. Für Touristen. Vor etwa zwei Jahren bin ich um diese Jahreszeit da vorbeigefahren, und die Lavvos waren noch nicht aufgebaut. Sie lagen unter einer Plane am Straßenrand. Echtes Samenleder.«

»Rentierleder.«

»Ja, Rentierleder. Als ich Ende Mai wieder nach Kirkenes zurückfuhr, standen dort vier Stück.«

»Du meinst dann würden sie zwei nicht vermissen?« Roy schüttelte den Kopf.

»Doch, das könnte klappen. Wir fahren heute Abend los, es dauert nur ein paar Stunden. Noch wird es nachts dunkel, und die Betreiber des Souvenirladens wohnen bestimmt nicht direkt daneben. Außer dem kleinen Souvenirkiosk am

Rastplatz gibt es dort überhaupt keine Häuser. Und die Zollstation macht um neun Uhr dicht.«

Roy griff nach einem Päckchen Punschrollen und riss es mit den Zähnen auf. »Ich kann mir was Besseres vorstellen, als Lavvos von einem finnischen Souvenirhändler zu stehlen.« Der kleine Plastikfetzen der Keksverpackung steckte zwischen seinen Zähnen. Er versuchte vergeblich, ihn auszuspucken, dann pulte er ihn mit dem Fingernagel heraus. »Aber ich sehe keinen anderen Ausweg. Und wir müssen uns beeilen, bevor die Nächte zu hell werden.«

»Jepp. Wir nehmen mein Auto, da passen die Lavvos rein. Morgen Nacht.« Leif steckte eine leere Flasche Pepsi Max in den Rucksack und bürstete Chipskrümel von seinem grünen Wollpullover. Im Wald hinter ihnen krächzte eine Krähe. »Was meinst du, können Krähen geil sein?«

Roy drehte sich zu ihm um. »Was? Ob Krähen … Was zum Teufel …«

»Ja, ob Krähen auch geil werden? Ob sie in der Gegend rumfliegen und Krähenfrauen anglotzen und dann geil werden, oder ist das bei ihnen was Funktionelles, so wie Scheißen?«

»Herrgott!«

»Machen sie es nur, weil sie so programmiert sind, dass sie auf den Weibchen landen und losjuckeln, ohne es zu genießen?« Leif zuckte mit der Hüfte.

Roy schloss die Augen. »Denkst du oft an so was?«

»Ich glaube nicht, dass sie es genießen. Dann würden sie stöhnen oder irgendwelche anderen Laute machen. Warum stöhnen Tiere nicht, wenn sie ficken? Hast du jemals ein Tier in sexueller Ekstase stöhnen hören?«

»Nein, ich habe …«

»Also! Sie stöhnen nie. Juckeln einfach herum, wie in einem Pornostummfilm. Das ist grauenvoll.«

»Du bist grauenvoll, Leif.«

Roy schüttelte den Kopf, als wollte er das Bild von hemmungslosen Krähen bei wilden Baumkronenorgien loswerden. »Kennst du irgendwelche Samen?«

»Ich kenne viele Samen, Roy. Es wimmelt von Samen hier, du wärst überrascht, wer alles Same ist.«

»Wir müssen uns ein paar Rentiere besorgen. Und Rentierfelle für die Bänke in den Lavvos. Vielleicht sollten wir auch noch einen Medizinmann anheuern. So einen Samenzauberer, der in der Unterhose ums Feuer hüpft und joikt und die Zukunft der Touristen im Rentiertalg liest oder so?«

»Schamane.« Leif lächelte. »Das heißt Schamane, Roy.«

»Aber das wär doch was, oder? Wir können Wacholder ins Feuer werfen, damit es wie der Teufel qualmt, dann kann der Schamane so tun, als sei er in Trance, mit Murmeln und Kehlkopfgesang, eingehüllt in Rauch. Das wird richtig magisch.«

»Trance?« Leif lachte. »Ich kenne genau den richtigen Samen für diesen Job.«

KAPITEL 6

Sør-Varanger Zeitung, 21. April

SAMENGUERILLA FÄLLT ERNEUT FAHNENSTANGE
Am Dienstagmorgen wurde Edel Hestholm in aller Frühe aus dem Schlaf gerissen, als ihre Fahnenstange auf das Garagendach des Nachbarn knallte. Sie war direkt über der Halterung abgesägt worden. Des Weiteren wurde ein Keramikelefant, der auf ihrer Verandatreppe stand, Opfer des Vandalismus.

Im Interview mit der Sør-Varanger Zeitung sagte Edel, sie könne sich beim besten Willen nicht vorstellen, wer ihren Elefanten zerstört haben könnte. Sie hätte ihn mit ihrer Freundin Jenny in einem Kurs für Bauernmalerei angefertigt.

Am frühen Morgen ging ein anonymer Anruf bei der Sør-Varanger Zeitung ein, in dem sich die Samenguerilla zu dem Anschlag bekannte. Dies ist bereits die dritte Fahnenstange, die im Lauf von drei Monaten von dieser Aktionsgruppe gefällt wurde.

Nach Angaben der zuständigen Polizeidirektion von Øst-Finnmark gibt es keine Spur, aber die Nachforschungen hätten große Priorität. Beim zweiten Anschlag nämlich stürzte die Fahnenstange auf den vier Monate alten Opel Vectra des Vizepolizeichefs Karstein Vetlesen.

Auf die Frage, warum auch der Keramikelefant zerstört wurde, antwortete der anonyme Anrufer: »Er stand im Weg. Nichts kann die Samenguerilla stoppen. Wir schrecken vor keinen Mitteln zurück. Durch das Absägen der Stangen, die diesen

Fetzen Klopapier tragen, den ihr eure Flagge nennt, wollen wir ein für alle Mal markieren, dass Kirkenes und die gesamte Finnmark besetztes Gebiet ist. Die norwegische Flagge ist eine Verhöhnung unserer Freiheit. Sie zu hissen, heißt so viel wie uns ins Gesicht zu spucken. Jetzt spucken wir zurück.«

Somit deutet vieles darauf hin, dass die Einwohner von Kirkenes mit dieser Furcht weiterleben müssen. Wer wird das nächste Opfer sein?

Audun Gåsland schaute sich das Foto von Edel Hestholm an, die in ihrem Garten stand und die Reste des Keramikelefanten in den Händen hielt. Im Hintergrund lag die gefällte Fahnenstange.

Er hob den Kopf, sein Blick wanderte über den Küchentisch zu dem Foto eines Golden Retriever, der ein Frisbee im Maul hielt. »Die Stange sollte nicht die Garage des Nachbarn treffen, Gonzo, das kam nur vom Stress. Auf der anderen Straßenseite stand plötzlich eine alte Dame am Küchenfenster, die unbedingt um drei Uhr nachts aufstehen und Marmeladengläser sortieren musste.«

Der Schnee war dieses Jahr früh geschmolzen, aber die Nächte waren noch dunkel genug, um unbemerkt Fahnenstangen zu fällen. Die größte Herausforderung bestand darin, so lautlos wie möglich zu sägen. Er dämpfte den Lärm mit einer Fleecedecke, die er um Säge und Stange wickelte. Bisher hatte es wunderbar funktioniert.

Audun nahm das Bild in die Hand und stellte es neben seinen Teller. »Die Fahnenstange ist falsch herum gefallen, als ich an ihr gerüttelt habe. Als sie aufs Dach knallte, war ich sicher, dass sie mich erwischen würden, und bin gerannt wie der Teufel. Quer durch den Garten und über einen Schotterweg hinter dem Haus. Ich bin so schnell gerannt wie der Wind, Gonzo.«

Edel Hestholm hatte vier Minuten gebraucht, bis sie am Fenster stand und in den Garten hinaussehen konnte. Sie war aus einem Traum mit einem Esel gerissen worden, den sie in einer Reportage in *Norge Rundt* gesehen hatte.

Audun hatte Glück gehabt.

Er köpfte ein weich gekochtes Ei. Der Eierbecher stand zwischen Knäckebrotkrümeln und Resten von Fischrogen-Käsepaste auf dem weißen Teller, damit kein Körnchen Salz auf dem Küchentisch landete. Neben dem Teller stand ein halb volles Glas Tropenfruchtnektar, an dem getrocknete Essensreste von seinem Frühstück klebten. Es war viele Jahre her, dass er den Tisch für andere als sich selbst gedeckt hatte. Seine Kollegen in der Gemeindeverwaltung waren nett zu ihm, aber er hatte kein Interesse daran, sie privat zu treffen. Er mochte sie nicht. Er war sich sicher, dass sie über ihn sprachen, wenn er nicht im Raum war, sondern am Kaffeeautomat stand und seinen Becher füllte, dessen Boden voller verkrusteter Reste vom Vortag war. Sicher fragten sie sich, warum er nicht mit ihnen in der Kantine zu Mittag aß, sondern hinter verschlossener Tür in seinem Büro, warum er nicht am Betriebsfest vor ein paar Wochen teilgenommen hatte oder warum er einen Wasserkocher in seinem Büro hatte. Es war lange her, dass er jemanden getroffen hatte, den er mochte, und er war sich ganz sicher, dass auch ihn niemand mochte.

KAPITEL 7

»Fredrik ist ein komischer Kauz, Roy. Er kleidet sich ein bisschen anders.« Leif hielt Roy zurück, als er an der Tür klingeln wollte.

Roy drehte sich um. »Wie meinst du das, anders?«

»Er … Lass es mich so sagen: Er sieht ein bisschen anders aus als die NATO-Offiziere, die während des Kalten Krieges hier gewohnt haben.«

Einheitliche grüne Mehrfamilienhäuser standen in Reih und Glied bis an die Grenze des Moores in Hesseng. Leif klingelte.

Die Tür ging auf, und ein Mann in einem orangen Trägerkleid mit weißem Blumenmuster stand vor ihnen. Die Träger hingen auf blassen, haarigen Schultern. Der Mann reichte Roy bis zum Brustkorb. Seine Füße steckten in neongelben Sandalen, die Zehennägel waren rosa lackiert und gut gepflegt. Er lächelte Leif an, der das Lächeln erwiderte und ihm zunickte.

»Hei, Fredrik. Ist lange her. Wie geht's?«

Fredrik drehte sich um und ging in die Wohnung. »Komm rein, Leif.«

Sie schlossen die Tür hinter sich. Roy erwartete eine unordentliche, chaotisch eingerichtete Wohnung. Aus irgendeinem Grund dachte er, dass ein Mann mit haarigen Schultern und lackierten Nägeln in einer Landschaft aus versteinerten Crackerkrümeln zwischen Pappkartons und verstaubten

Säulen aus alten Magazinen leben müsste. Aber hinter dem sehr aufgeräumten Windfang mit zwei Paar Schuhen unter einer Reihe leerer Garderobenhaken, erwartete sie etwas ganz anderes. Ein großer schwarzer Tisch stand zwischen zwei modernen hellgrauen Sofas auf einem einfarbigen Teppich in noch hellerem Grau. An einer der weißen Wände hing ein treppenförmiges Designerregal in heller Eiche, bestückt mit Büchern, von denen Roy nie etwas gehört hatte. In einer Ecke stand eine hohe, schlanke Pflanze, eine Art Baum. Ansonsten war der riesige Flachbildschirm an der einen Stirnseite des Raumes das einzige Möbelstück.

»Das ist ein romanischer Zwergflieder.« Fredrik hatte bemerkt, dass Roy die Pflanze studierte. Seine Stimme klang grob und kratzend wie die eines Kettenrauchers, aber die Wohnung roch überhaupt nicht nach Rauch.

Roy schaute von der Pflanze zu Fredrik und zurück. »Aha. Schön ist sie auf jeden Fall. Romanisch, sagst du? Jesses.«

Leif hatte es sich schon auf dem Sofa bequem gemacht. »Das ist mein guter Freund und Kollege Roy. Du musst ihm verzeihen, er trifft nicht jeden Tag stoppelbärtige Samen in Blümchenkleidern.«

Fredrik lachte laut auf und drückte Roy die Hand. »Nett, dich kennenzulernen, Roy. Wollt ihr was trinken? Ich wollte mir gerade einen Frappuccino aufschäumen.«

Beide schüttelten den Kopf und er verschwand in der Küche. Roy setzte sich neben Leif und zischte leise: »Was zum Teufel soll das bedeuten? Soll der unser Schamane sein? Er sieht aus wie eine 65-Jährige auf einer Pazifikkreuzfahrt. Sieht aus, als hätte er sich in eine Frau verwandeln wollen und nur den halben Zauberspruch gekonnt!« Leif kicherte. »Immer mit der Ruhe. Fredrik kleidet sich vielleicht ein bisschen anders, aber er ist die klügste Person, die ich kenne. Er ist Mitglied bei Mensa, dem internationalen Verein für Hochbegabte. Und er ist Same. Er arbeitet als Maschinist am Flughafen. Ziviler Angestellter. Die Klamotten trägt er nur daheim.«

Während Roy die Informationen verdaute, kam Fredrik mit einer großen schwarzen Tasse herein. Er setzte sich auf das Sofa gegenüber, Roy war erleichtert, als er die Beine übereinanderschlug.

Leif räusperte sich und wandte sich Fredrik zu. »Hör zu, Fredrik. Wir beide wollen eine ganz neue Touristenattraktion eröffnen. Samenland. Wir bauen ein authentisches Samenlager und bieten den Besuchern ein einmaliges Kulturerlebnis. Und dafür brauchen wir einen Schamanen. Oder jemanden, der so tun kann, als wäre er Schamane. Damit die Touristen einen Einblick in das spirituelle Leben der Samen bekommen.«

Fredrik sah ihn an und nickte. »Hört sich prima an. Die kulturelle Perspektive anderer zu erweitern ist wichtig und notwendig. Das schafft interkulturelles Verständnis und Toleranz. Spannendes Projekt. Ich hab mal den Danny aus *Grease* gespielt, damals in den Achtzigern, im Schultheater. Ich bin dabei. Wird lustig, mal wieder den Schauspieler in mir zu wecken.«

Leif nickte und lächelte. »Du könntest irgendwas opfern. Das wär doch klasse, oder? Irgendeinem Vieh den Kopf abschneiden.«

Roy räusperte sich. »Ob das eine gute Idee ist? Aber vielleicht erwarten die Touristen es ja. Vielleicht einen Hasen. Oder ein Birkhuhn. Ich weiß nicht mal, ob die Samen so was überhaupt gemacht haben.«

Fredrik nahm einen Schluck von seinem Kaffee und sagte mit einem Bart aus hellbraunem Milchschaum auf der Oberlippe: »Ich bin selbst Same, wie du weißt. Aber nicht aktiv. Kein praktizierender Same, meine ich. Ich habe tiefsten Respekt vor meinen kulturellen Wurzeln und finde die Nähe zur Natur bewundernswert und schön. Aber persönlich setze ich keinen Fuß auf nicht asphaltierten Boden. Ich kann es nicht ausstehen, wenn Äste und Zweige meinen Körper streifen wie gierige, grapschende Skelette. Grässlich. Und ich hasse Insekten. Trotzdem bin ich mir ziemlich sicher, dass Hasen- oder Birkhuhnopfer *nicht* Teil der samischen Kultur sind.«

»Da hast du bestimmt recht, Fredrik.« Leif stand auf und wartete, bis auch Roy aus dem Sofa hochkam. »Birkhühner sind sowieso verdammt schwer lebend zu fangen. Danke, dass du uns helfen willst. Das wird richtig gut!«

Fredrik ging zu seinem Zwergflieder und streichelte einen dünnen grünen Zweig, während Roy und Leif die Schuhe anzogen. »Aber eins muss euch klar sein: Wenn ich einmal eine Rolle annehme, gehe ich ganz und gar in ihr auf. Ich *werde* diese Figur, versteht ihr? Kann sein, dass das für manche zu viel ist.«

Leif schüttelte den Kopf und wich Roys fragendem Blick aus. »Nein, nein, Fredrik. Viel ist super. Die Touristen wollen was erleben, du kannst gar nicht genug Schamane sein.«

KAPITEL 8

Ailo Ballo fluchte. Er bückte sich und zog an den Hinterbeinen des toten Rentieres, aber es klebte in seinem geronnenen Blut auf dem Asphalt fest. Er hatte Rückenschmerzen und beschloss, die Seilwinde auf dem Auto zu benutzen. Gestern hatte er sich mit seiner Frau Randi gestritten, weil sie im Keller hinter dem Boiler einen finnischen Pornofilm gefunden hatte. Er hatte die Nacht im Wohnwagen verbracht und war verspannt. »Bin ich dir etwa nicht gut genug, Ailo?«, hatte sie ihn angeschrien. Dann hatte sie sich ausgezogen und nackt und heulend vor ihm gestanden. »Fick mich, Ailo!«, hatte sie gesagt. Aber es war schon zehn Jahre her, seit Ailo dies zum letzten Mal getan hatte. In der Sauna, eine Woche nach seinem Fünfzigsten, nachdem sie gemeinsam eine Flasche finnischen Multebeerschnaps getrunken hatten. Deshalb war er in die Garage gegangen, um einen Nistkasten zu bauen. Aber als er zum Abendessen zurück ins Haus gehen wollte, war die Tür verschlossen.

Die Herde war auf dem Weg von den Hochmooren hinunter zum Neidenelva gewesen. Ailo besaß 750 Rentiere, die von Neiden bis zur finnischen Grenze weideten. Er setzte sich in den Pick-up und fuhr rückwärts an den Kadaver heran. Am Fuß der Seilwinde hinter dem Führerhaus lag eine rosa Wandplatte, die von der Renovierung des Badezimmers vor sieben Jahren übrig geblieben war. Ailo klappte die Pritsche auf und schubste die Platte mit den Stiefelspitzen nach hinten, bis sie von der Pritsche rutschte und eine Art Rampe bildete. Dann band er die Hinterbeine des Kadavers mit einem Nylonseil zusammen, sprang auf die Pritsche und rüttelte an dem Haken der Winde, bis das rostige Drahtseil nachgab. Er befestigte den Haken an dem Nylonseil und schaute über den Fluss hinüber zu seinem Hof. Das Dach der Scheune, die früher einmal voller muhender Milchkühe gewesen war, ragte hinter einem Hügel auf. Aber das war lange her, zu einer Zeit, als das nächste Geschäft weit entfernt lag.

Eines Tages würde er die ganze Rentierherde verkaufen und sich Kühe anschaffen. Er beneidete die Milchbauern. Sie mussten bloß in den Stall gehen und die Melkmaschine anstellen, dann konnten sie in aller Ruhe Kaffee trinken und Radio hören. Nachmittags misteten sie noch ein bisschen den Stall aus und kontrollierten die Temperatur der Milch, oder so. Ailo hatte die Rentiere satt. Er hatte die Nase voll von Rentiergebrüll, Rentiergestank, Rentierfellen, Rentiersuppe, Rentiergeweihen, Rentierfleisch und Rentieren, die abhauten, sodass er den ganzen Wald nach ihnen absuchen musste. Er hatte es satt, mehrere Wochen im Jahr im Freien zu verbringen, wenn man abends am Lagerfeuer kaum eine Scheibe Brot essen konnte, ohne eine Handvoll Mücken zu schlucken. Wenn man nicht einmal pinkeln konnte, ohne dass sie einem den Schwanz zerstachen. Er hatte es satt, wochenlang nicht duschen zu können und in seinem eigenen Gestank zu leben. Er hasste seinen Körpergeruch. Und er hatte es satt, Rentiere von der Straße zu kratzen, die von holzbeladenen Sattelschleppern auf dem Weg von Rovaniemi nach Oulu überfahren wurden. Manchmal waren sie nicht tot. Manchmal lagen sie mit gebrochenen Knochen da, in ihrem eigenen Blut, und starrten ihn an. Das Einzige, was sie noch bewegen konnten, waren die Augen, die ihn ansahen, bevor er sie mit dem Jagdgewehr erschoss. Kurz vor Weihnachten hatte er im Rallarn Pub einen Mann aus Vadsø mit einem Aschenbecher k.o. geschlagen. Dieser hatte behauptet, dass die Samen von Neiden und Tana ihre Rentiere mit Absicht in der Nähe der Straße weiden ließen und sie sogar aus dem Wald jagten, wenn sie einen Sattelschlepper kommen sahen, damit sie hinterher Entschädigung verlangen konnten.

Ailo ging zum Pick-up zurück und trat gegen die rosa Wandplatte, bis sie richtig stand. Dann stellte er die Winde an. Er hatte sie nie geölt, damit ihr Quietschen und Knarren das Geräusch übertönte, wenn das Rentier vom Asphalt losgerissen und über die Straße und die Platte auf die Pritsche geschleift wurde. Er legte die Platte auf den Kadaver und schloss die Pritsche. Seine Hände waren blutverschmiert; er wischte sie im Gras ab, setzte sich ans Steuer und fuhr nach Hause.

»Ailo! Was zum Teufel machst du da?« Randi stand auf der Veranda, aber Ailo tat, als ob er sie nicht hörte. Er hatte ein Seil um den Hals des Rentieres gebunden und wollte es mit dem Traktor von der Pritsche ziehen, hatte aber vergessen, das Drahtseil von den Hinterbeinen loszumachen. Randi buk gerade eine Biskuitrolle, als sie aus dem Fenster sah und ihren Mann auf dem Traktor erblickte, mit einem Rentierkopf im Schlepptau. Eine schmale, dunkle Spur zog sich quer über den Hofplatz. Es erinnerte sie an einen Film über die Bruchlandung eines UFOs. Jetzt war Ailo abgestiegen und sah verwundert den Rentierkopf an. Er hatte die rostige Schubkarre umgeworfen, die gegen die Birke in der Mitte des Hofplatzes gelehnt hatte, und war dann seitlich in die Rhabarberpflanzen an der Scheunenwand gekullert.

»Bist du betrunken, Ailo?« Sie hoffte, dass er betrunken war. Er tat viele seltsame Dinge, wenn er trank. Vor zwei Jahren im Herbst hatte er sich einen Schädelbruch zugezogen, als er bei der Jagd auf eine Krähe vom Scheunendach auf den Miststreuer gestürzt war. Im Norwegischen Wochenblatt hatte sie einen Artikel über die Häufigkeit von Geisteskrankheiten in dünn besiedelten Gebieten gelesen. In Westnorwegen hatten sie einen nackten Schafbauern aus einer Felswand geholt, der nichts als einen Wasserball dabeihatte. Sie hatte wenig Lust, ihre goldenen Jahre im Wald auf der Suche nach Ailo zu verbringen.

»Nein, ich bin nicht betrunken.«

Sie stand neben ihm, aber er starrte immer noch den Rentierkopf an.

Sie seufzte. »Was ist los mit dir, Ailo?«

»Nichts.« Er drehte sich zu ihr um. »Ich habe Lust, Kühe zu melken. Und Radio zu hören.«

»Hör zu, Ailo, du bist nur überarbeitet. Sie sah ihn vor sich, nackt in den Wipfeln einer Kiefer. »Komm rein und iss ein Stück Biskuitrolle.«

Sie folgten der Schleppspur im Schotter und gingen hinein. »Da hat einer angerufen und nach dir gefragt.« Sie trat einen Löwenzahn platt, der durch einen Spalt in der Eingangstreppe gewachsen war. »Er wollte morgen noch mal anrufen. Wollte zwei Rentiere ausleihen.«

KAPITEL 9

Die Handbremse knirschte, als Leif sie löste. Er drehte das Autoradio auf, um das Klappern zu übertönen, das von irgendwo unter dem Auto kam, seit er vor acht Monaten ein Dreirad überfahren hatte. Er holte Roy ab, und sie fuhren in Richtung Munkefjord und Finnland. Roy kurbelte die Scheibe herunter, um etwas frische Frühlingsluft hereinzulassen. Leif hatte noch keinen Frühjahrsputz gemacht, und unter dem Fahrersitz klebte ein altes Stück Zwiebelwurst mit Mayonnaise.

»Leif, du hast doch sicher schon davon gehört, dass Leute plötzlich verschwinden und fünf Jahre später einfach wieder auftauchen und ihr Leben neu beginnen?«

»Meinst du Leute, die von Außerirdischen entführt werden?«

»Was?«

»Na von irgendwelchen Weltraumwesen.«

»Weltraumwesen? Nein, das …«

»Davon glaub ich kein Wort. Hysterische, einsame Alte, die behaupten, irgendein Marsmännchen hätte sie in seine Untertasse gebeamt und seinen dünnen grünen Schwanz in sie gesteckt. Blödsinn!«

»Nein, ich meinte …«

»Wo sind die Beweise? Komisch. Es gibt Tausende von Geschichten über außerirdische Entführer, auf der ganzen Welt werden die erzählt, aber es gibt keinen einzigen Beweis.«

»Scheiße, Leif, kannst du mal aufhören, von Außerirdischen zu faseln. Ich meinte Koma.«

»Koma?«

»Ja. Leute, die im Koma liegen. Jahrelang. Dann wachen sie plötzlich auf. Ihr halbes Leben ist vorbei, aber sie fangen wieder von vorne an. Derselbe Job, dieselbe Frau, dieselben Freunde. Dasselbe Leben.«

»Ich weiß nicht, ob die wirklich ihren Job wiederbekommen. Eher nicht.«

»Das spielt keine Rolle, Leif. Was ich meine, ist, dass ich die letzten Jahre ebenso gut im Koma hätte liegen können. Jeden Tag hab ich dasselbe getan. Nichts hat sich verändert.«

»Du hast ein Doppelkinn bekommen.«

»Was?«

»Ein Doppelkinn. Du hast zugenommen in letzter Zeit. Ich hab mich nicht getraut, es dir zu sagen.«

»Aber was zum Teufel hat das damit zu tun?«

»Du hast doch gesagt, dass sich nichts verändert hätte.«

»Okay, vergiss es.«

»Nein, beruhig dich. Ich hab dich verarscht.«

»Wir machen jeden Tag dasselbe. Genauso gut hätten wir im Koma liegen können.«

»Also, wenn ich mit jemandem im Koma liegen müsste, dann nur mit dir, Roy. Oder vielleicht mit der Ansagerin von NRK. Der Blonden, die schon dabei ist, seit es Titten Tei und Onkel Rolf gibt. Du weißt schon, die Blonde, die immer Nynorsk redet. Was meinst du, ist das ihr Dialekt, oder muss sie so reden? Ich weiß nur, dass unter der glatten Oberfläche eine Sinnlichkeit ohne Gleichen versteckt ist, eine Dynamitstange sexueller Energie, die jederzeit explodieren kann, wenn man nur die Lunte findet. Und ich glaube, ich könnte sie finden, Roy, ganz sicher, ich könnte …«

»Vergiss es, Leif. Und nenne nie wieder Onkel Rolf und seine Puppe in einem Atemzug mit sexueller Energie. Das stimmt mich bedenklich. Was hast du nur im Kopf?«

»Du solltest mal sehen, was in meinem Kopf alles steckt, guter Mann.«

Die Strecke zwischen der norwegischen Grenze und Ivalo in Finnland war für ihre Monotonie berüchtigt. Endlose Moorlandschaften, See an See, umgeben von Steinen, die Gletscher vor Millionen Jahren hinterlassen hatten, und hier und da ein waldbedeckter Hügel. Aber Roy empfand dies anders. Er fand die vorhersehbare Natur beruhigend, lehnte den Kopf gegen die Scheibe und schlief ein paar Kilometer hinter Finnisch-Neiden ein. Seine Haare waren schweißnass und klebten an Stirn und Wangen.

Leif schnipste die Asche einer halb gerauchten Zigarette in den Aschenbecher, den er aus einer Kneipe in Oslo hatte mitgehen lassen – zusammen mit vier Billardkugeln, aus unerfindlichen Gründen. Der Aschenbecher war mit doppelseitigem Klebeband auf dem Armaturenbrett befestigt und quoll über.

In diesem Moment fand das Autoradio, das sie beide vollkommen vergessen hatten, einen finnischen Sender. Der plötzliche Lärm einer Punkband erschreckte Leif so sehr, dass er das Steuer herumriss und auf die linke Straßenseite fuhr. »I want to kick a frog, a frog, a fucking frog« oder so ähnlich hörte sich der Refrain an, aber der Gitarrenlärm und das Schlagzeug übertönten fast den Sänger.

Roy wachte wie vom Blitz getroffen auf. »Was ist los, zum Teufel?« Er schaute sich um und wusste ein paar Sekunden nicht, wo er war, aber dann sah er Leif und kam zu sich.

Leif schaltete das Radio aus. »Beruhig dich. Das Radio ist angegangen.«

»Verdammter Mist. Ich hab gerade von Torhild geträumt. Und von einem Glatzkopf, der mir die ganze Zeit irgendwas zurief. Aber vor allem von Torhild.«

Leif sah ihn an und lachte. »Ist das alles, was du kannst? Von ihr träumen?«

Roy wusste fast nichts über Torhild, aber er glaubte, dass sie in Rakkestad wohnte, das hatte auf ihren Paketen gestanden. Sie war ungefähr so alt wie er, hatte lange blonde Haare und gehörte zu den Frauen, in deren Gegenwart er kein Wort herausbekam. Er hatte sich auf den ersten Blick in sie verliebt, als sie ihre Wartenummer gezogen hatte und nachsah, wann sie an der Reihe war. Und als sie dann an seinem Schalter landete, bekam er kaum ein Nicken hin. Es war, als lastete ein Fluch auf ihm. Sein Körper sabotierte automatisch jede Möglichkeit, mit den Frauen in Kontakt zu kommen, die er unbedingt kennenlernen wollte. Er hatte Angst, dass ihn dieser Fluch eines Tages zu einem einsamen, alten Grießgram verkommen ließ, der die Leute mit der Schrotflinte von seinem Eigentum verjagte und der einen Monat nach seinem Tod im Kot seiner sechzig Katzen gefunden wurde. So stand es oft in der Zeitung.

»Das hat mit Selbstvertrauen zu tun, Roy. Frauen stehen auf selbstsichere Männer und nicht auf so einen Wackelpudding wie dich. Sie riechen die Schwäche Meilen gegen den Wind. Und du *bist* schwach, was sie angeht. Ein Wackelpudding. Du musst schlagfertiger werden. Probier's mal mit einem Scherz, oder sag irgendwas über den langen Winter. Ihr habt doch Gemeinsamkeiten. Du kommst aus dem Süden, sie kommt aus dem Süden. Rede über Apfelbäume oder über die komischen Leute aus der Finnmark oder die poplige Lokalzeitung. Was auch immer.«

»Es ist ja nicht so, dass ich nicht wüsste, *was* ich sagen soll. Ein paar Anekdoten hab ich immer auf Lager. Aber sobald sie eine Wartenummer zieht, verliere ich den Mut und hoffe, dass sie nicht an meinem Schalter landet. Es geht einfach nicht, verstehst du. Mein Hirn streikt und die Zunge will nicht mehr.«

Leif zündete sich eine weitere Zigarette an und kurbelte das Fenster ein paar Zentimeter herunter. Sie schwiegen eine Weile und starrten auf die Silhouette aus Bäumen und Steinen, die sich immer dunkler am Horizont abzeichnete.

»Hab ich dir schon mal erzählt, wie ich Nina kennengelernt habe?«

»Ja, schon sehr oft.«

»Wir haben die Tore der Ringnes Brauerei gestrichen, und sie arbeitete in der Rezeption. Nina war wunderschön, Roy. Sie hatte Kurven! Jedes Mal, wenn ich an der Rezeption vorbeiging, zwinkerte ich ihr zu. So.« Leif zwinkerte Roy zu und verzog den Mund zu einem schiefen Lächeln. »Das Lächeln ist der Trick. Gleichzeitig mit dem Zwinkern, aber auf der anderen Seite. Das funktioniert immer. Versuch es mal.«

»Nein, danke.«

»Komm schon. Du schaffst das, wenn du nur willst.«

»Nein, ich glaube nicht.«

»Versuch's mal, komm schon.«

»Okay, damit du den Mund hältst.« Er drehte sich zu Leif und versuchte, auf einer Seite zu lächeln und mit der anderen Seite zu zwinkern. Das Zwinkern klappte, aber entweder er zwinkerte mit beiden Augen oder er lächelte auf der falschen Seite.

Leif schüttelte den Kopf und winkte ab. »Sieht aus, als hättest du einen Schlaganfall gehabt, Roy. Üb das zu Hause vorm Spiegel.«

Roy massierte sich das Gesicht, und Leif redete weiter. »Eines Tages schenkte sie mir ein Stück Schokolade. Aus der Schale auf der Theke. Und ich fing sofort an, von der Riesenforelle zu erzählen, die ich zwei Jahre vorher gefangen hatte. Ich glaube, ich habe auch einen Bären in die Geschichte eingebaut. Ich wusste ja nicht, worauf sie steht, also hab ich die ›Sohn der Wildnis‹-Masche versucht und gar nicht gefragt, was für eine Schokolade das war. Fünf Minuten später lag ich mit Schaum vorm Mund auf dem Boden und zappelte. Aber Nina blieb cool. In der Schule hatte sie neben einem zuckerkranken Jungen gesessen. Sie bückte sich und stopfte mir noch mehr Schokolade in den Mund. ›Iss‹, sagte sie. ›Du musst was Süßes essen!‹« Leif streckte die Zunge heraus, hielt eine Hand an die Kehle und warf den Kopf hin und her. »Ich konnte ja nichts sagen. Ich bin doch allergisch gegen Nüsse. Einmal, auf Lanzarote, hab ich ein Stück Kuchen mit Erdnüssen gegessen und so heftig reagiert, dass ich einen Papageienkäfig umgerissen habe, bis sie mich zum Arzt brachten. Und nachdem Nina mich mit Nussschokolade vollgestopft hatte, fiel ich ins Koma. Nina glaubte, ich sei tot. Und als sie herausfand, dass *sie* mich beinahe umgebracht hatte, hielt sie an meinem Bett Wache, bis ich zu mir kam. Bis ich zu mir kam, Roy. Sie ist nicht von meiner Seite gewichen. Als ich die Augen öffnete, saß sie neben mir und hielt meine Hand. Von dem Tag an waren wir ein Paar.«

»Wie lange hast du im Koma gelegen?«

»Was?«

»Wie lange du im Koma gelegen hast?«

»Na ja … ungefähr vier Stunden.«

»Das nenne ich wahre Liebe. Vier Stunden!«

»Auf jeden Fall saß sie dort. Und hielt meine Hand. Ich glaube, so hat noch nie jemand meine Hand gehalten, jedenfalls nicht, seit ich Kind war. Ich habe es immer leicht gehabt bei den Frauen, wie du weißt, und ich habe viele gehabt, aber keine hat mir die Hand gehalten, Roy. Nina war meine erste echte Beziehung.«

»Ich weiß, was du meinst.«

»Und meine letzte.«

»Aber sie wird nicht die Letzte bleiben. Du hast es noch drauf.« Roy streckte die Hand aus und kontrollierte, ob die Lüftung funktionierte. Oft krochen Mücken in die Schlitze, und wenn man das Gebläse anstellte, bekam man eine Dusche aus toten Insekten ab. »Erinnerst du dich an die lettische Krankenschwester vor drei Wochen? Sie klebte ja förmlich an dir.«

Leif lächelte und drehte sich zu Roy. »Ja, stimmt. Galina.«

»Was?«

»Galina. Das war ihr Name. Ich hab sie von hinten genommen. Aber sie hat mir nicht die Hand gehalten.«

»Ich kann deine Hand halten.« Roy öffnete das Handschuhfach und wühlte darin herum, aber er fand nur einen alten Handschuh und einen verblichenen Fahrzeugschein in einer fleckigen Plastikhülle. »Haben wir nichts zum Naschen?«

Leif zog eine Tüte Honigbonbons aus der kleinen Ablage links vom Steuer und hielt sie Roy unter die Nase.

»Bä. Haben wir Limonade?«

»Nein.«

»Was, keine Limonade?« Er lehnte sich zurück und stützte den Kopf wieder gegen die Scheibe.

Leif klappte die Sonnenblende herunter und sah in den kleinen Spiegel. »Ich glaube, ich kriege einen Pickel auf der Nase. Scheißdinger. Was hältst du übrigens von finnischen Pornos?«

»Was?«

»Finnische Pornos, Roy. Ich hab mal einen gesehen, mit ein paar Frauen in der Sauna.«

»Du warst mit zwei Frauen in der Sauna und hast dir einen Porno angeguckt?«

»Nein, die waren *in* dem Film. Zum Glück. Die eine hatte nämlich einen Pickel auf dem Arsch, und den musste ich die ganze Zeit anstarren.«

»Warum musst du mir das unbedingt erzählen?«

»Man sollte meinen, dass der Regisseur sich um so was kümmert und ein bisschen Schminke über den Pickel schmiert. Es sagt viel über die Qualität der Produktion aus. Wäre schließlich kaum Arbeit gewesen. Ich glaube, ich wäre ein guter Regisseur. Nicht nur für Pornos. Auch für romantische Komödien. Ich bin ein Gefühlsmensch. Vielleicht hätte ich Filmmusik schreiben sollen.«

»Ich glaube, es ist besser, wenn du weiter die Ynglingarna oder Snopparna coverst – oder wie diese Tanzkapellen alle heißen. Aus Rücksicht auf meine geistige Gesundheit würde ich mir nie einen Pornofilm von dir anschauen. Die Wunden würden vielleicht nie mehr heilen.«

»Sag das nicht Roy, sag das nicht. Ich bin ein zutiefst sinnlicher Mann. Übrigens glaube ich, dass wir bald da sind.«

Drei Stunden und drei Minuten, nachdem sie von der halb verwilderten Birkenallee vor Roys Haus abgebogen waren, erreichten sie den großen Rastplatz. Sie hatten geplant vorbeizufahren, als wären sie auf dem Weg nach Rovaniemi, um kein Misstrauen zu erwecken. Aber weil es inzwischen stockdunkel war, sahen sie nur den kleinen Souvenirkiosk und den Umriss eines ausgestopften Rentieres.

Erst hinter der Grenze war Roy eingefallen, dass dies eigentlich ein Rastplatz war. Das Risiko, dass irgendein schwedischer Trucker mit einem Sattelzug voller Melonen dort übernachtete, war ziemlich groß.

Aber sie hatten Glück. Keine Schweden in Sattelschleppern, und auch keine deutschen Wohnmobile. Die Saison hatte gerade erst begonnen, und die meisten Wohnmobilfahrer waren noch damit beschäftigt, jeden Hohlraum in ihren Wagen mit Schinkenkonserven und deutschem Dosenbier zu füllen.

Leif wendete ein paar Hundert Meter weiter und fuhr zurück. Er parkte neben dem ausgestopften Rentier, und sie blieben eine Weile sitzen und flüsterten, bevor sie es wagten, den Wagen zu verlassen.

Eigentlich hatten sie ihr Vorgehen unterwegs planen wollen, aber das hatten sie vergessen. In aller Hast einigten sie sich auf einen Plan. Sie wollten sich wie Touristen benehmen und einander Ulf und Børre nennen, falls jemand in der Nähe war. Roy stieg zuerst aus. Er ging zu dem Rentier, streichelte es und winkte Leif heran. »Schau mal, ein ausgestopftes Rentier!«

Leif hüpfte aus dem Auto. »Hast du so was schon mal gesehen?« Er stellte sich neben das Rentier. »Mach ein Bild von mir, Børre.«

Roy zog eine kleine Digitalkamera aus der Jackentasche. Der Blitz tauchte Leif und das abgewetzte Rentier für eine Sekunde in gleißendes Licht, bevor sie wieder von der Dunkelheit verschluckt wurden.

Leif ging zu dem Souvenirkiosk und klopfte fest an die Tür. »Hallo! Ist da jemand?«

Keine Antwort.

»Die Luft ist rein, Roy.«

Roy zischte ihn an. »Børre, verdammt. Børre!«

Sie gingen um den Kiosk herum in den Wald aus hohen Kiefern, deren Äste weit über ihren Köpfen begannen.

Roy blieb stehen. »Da drüben, Leif. Unter der grünen Plane an der Wand.«

Die zusammengenähten Rentierfelle bildeten einen schweren, unhandlichen Haufen; es war kaum möglich, sie zum Auto zu schleppen, ohne sie über den Boden zu schleifen. Sie schafften es, indem sie an jedes Ende einen Strick banden. In Leifs Auto war genug Platz, wo sonst Schlagzeug, Gitarren und Mikrofonständer lagen. Als Zeltstangen wollten sie die dünnen Baumstämme von der Rodung in Samenland benutzen. Sie lagen schon in zwei ordentlichen Stapeln bereit.

Roy träumte sich weit fort von allem, als er durch die Dunkelheit zurück nach Kirkenes fuhr. Er träumte von Torhild und der Algarve. Dort wollte er den nächsten Winter verbringen, finanziert mit den immensen Einnahmen von Samenland. Portugal. Zusammen mit Torhild. Er nahm den Fuß kurz vom Gaspedal. Sein Bein tat weh. Auf dem Weg zum Auto war er über eine Motorsense gestolpert, die an der Seitenwand des Kiosks gelehnt hatte, und unter einem Haufen Rentierfellen begraben worden. Als er sich wieder aufgerappelt und Zweige und Kiefernnadeln von der Kleidung gebürstet hatte, war ihm entgangen, dass die Digitalkamera aus der Jackentasche gefallen war.

KAPITEL 10

Wie fühlt sich das an, ihr Norweger? Wie fühlt es sich an, wenn plötzlich jemand über die Gebiete herrscht, die ihr einmal als eure betrachtet habt? Tut ganz schön weh im Geldbeutel, oder? Das Finnmarksgesetz ist in Kraft getreten, damit wir Samen wieder selbst über unsere Hochebenen, Weidegebiete, Berge und Fjorde bestimmen können. Aber lieber ein bisschen Ebbe im Portemonnaie als …

Audun Gåsland hatte den Deckel des Stiftes mit den Zähnen abgezogen und hielt ihn zwischen den Lippen fest. Er hob den Kopf und sah aus dem Fenster, als befänden sich die Worte, nach denen er suchte, irgendwo dort draußen, in der kahlen, ungepflegten Hecke oder auf den gelben Bussen, die zur vollen Stunde vorbeifuhren. Dann fiel sein Blick auf Gonzos Foto. »Vergewaltigt, Gonzo! Vergewaltigt.«

… jahrhundertelang von dem mächtigen norwegischen Staat vergewaltigt zu werden. Die unabhängige Verwaltung des samischen Eigentums möchte die Grundstücke am Førstevann in Kirkenes lieber an Privatpersonen als für einen lächerlichen Preis an die Gemeinde verkaufen. Die Gemeinde ist sauer, aber warum?

Liebe Einwohner und Kommunalpolitiker von Kirkenes, ihr solltet froh sein, dass wir nicht die ganze verdammte Stadt ver-

schachern. Wir könnten sie an Finnland oder Russland verkaufen, oder euch verjagen und unsere Rentiere eure Tulpen und Petunien fressen lassen, denn dort war früher freies Weideland.

Ich hoffe, dass es richtig wehtut, und dass es so weitergeht. Denn jetzt sind wir an der Reihe. Jetzt sind die Samen dran!

Ein zufriedener Same

Er grinste und legte den Stift in das wurstförmige Mäppchen zurück, das er seit seiner Schulzeit hatte. »Ich werfe den Brief auf dem Weg zur Arbeit ein, Gonzo. Sie werden kochen vor Wut.«

Der Umschlag war bereits adressiert. Es war sein dritter Leserbrief an die Sør-Varanger Zeitung. Die ersten beiden hatten eine Flut von Antworten ausgelöst, in denen die Samen als undankbar, kleinlich, gierig und dumm beschimpft wurden.

Es war fast Viertel vor sieben, und im Fernsehen versuchte der Pinguin Pingu, seiner kleinen Schwester einen Teddy aus den Stummelflügeln zu reißen. Audun hatte gefrühstückt, während er den Leserbrief geschrieben hatte. Der gelbe Teller mit roten Punkten, den er im Zehnerpack von seinen Eltern zum Dreißigsten bekommen hatte, stand direkt neben der Tastatur und war mit den Krümeln von acht Salzkeksen mit Schinken-Schmelzkäse übersät.

Es war Mittwoch, und wenn er den Brief direkt bei der Zeitung einwarf, würden sie ihn in der Donnerstagsausgabe drucken, die schon heute Abend verteilt wurde. Viele Zugezogene gewöhnten sich nie daran, dass sie die Morgenzeitung schon am Abend davor bekamen.

Audun ging ins Bad. Ein Paar Baumwollsocken, eine Unterhose, ein gestreiftes Hemd und eine hellbraune Samthose lagen auf dem Hocker neben der Toilette. Die Sachen hatte er sich am Abend zuvor säuberlich zurechtgelegt, wie es seine Mutter immer getan hatte. Er ließ das Wasser kurz laufen, bevor er in die Dusche stieg.

Vor zwei Tagen hatte er den Förderantrag für das Projekt »Samenland« an den Gemeinderat weitergeleitet, mit der ausdrücklichen Empfehlung, den Zuschuss zu bewilligen. Wenn Samenland realisiert werden würde, könnte er die samische Kultur international schlechtmachen. Als Same verkleidet, wollte er die Touristen ordentlich schockieren und aufs Übelste beleidigen, damit sie es zu Hause erzählen und die Zeitungen in aller Welt von den gefährlichen, verrückten Samen berichten würden.

KAPITEL 11

Ein einsames Rentier stand in etwa hundert Metern Entfernung und musterte ihn. Es war nicht ungewöhnlich, dass sich einzelne Tiere von der Herde entfernten und auf eigene Faust an der Straße entlangspazierten. Vielleicht waren es Individualisten, oder sie hatten nur ihre Herde verloren und sich verlaufen. Vielleicht gab es auch individualistische Rentiere, die es satt hatten, mit Rentieren ohne Orientierungssinn verwechselt zu werden.

Wie auch immer, das Rentier, das Geir Hilmar Løvås musterte, sah vor allem verwundert aus, sofern ein Rentier überhaupt Verwunderung ausdrücken konnte.

Geir Hilmar saß in der Hocke neben seinem Auto, einem roten Fiat Punto, und hatte ein Ventil im Mund, das aus dem Nacken einer aufblasbaren Sexpuppe mit feuerrotem Haar ragte. Er hatte sie im Internet unter dem Namen Fred Klausen bestellt und das Päckchen direkt aus dem Container geklaut, als es in Kirkenes ankam. Er hatte sich gerade wieder aufgerappelt, nachdem er in Ohnmacht gefallen und rücklings auf dem Asphalt gelandet war. Ein kleines Steinchen, das an seinem glatt rasierten Hinterkopf klebte, fiel hinab und kullerte über die Straße.

Er verzog das Gesicht, denn kurz vorher hatte er Waschbenzin durch dasselbe Ventil in die Puppe geblasen. Nun war sie fertig, und er steckte den Pfropfen auf das Ventil. Prall und glänzend lag sie dort, mit vollen rosa Lippen, so anziehend, wie ein Plastikprodukt nur sein konnte. Er würde sie in Brand stecken, nachdem sie ihre Arbeit getan hatte. Das Waschbenzin würde sie sofort in Flammen aufgehen lassen.

Zweimal im Jahr bezahlte er der Kabelfernsehgesellschaft Nornett 1400 Kronen, und in den letzten sechs Monaten hatte ihn die Dokuserie *Forensic Detectives* auf dem Discovery Channel immer stärker in ihren Bann gezogen. Sie handelte von den besten Kriminaltechnikern und Rechtsmedizinern der USA, dank deren Arbeit die schwersten Verbrechen aufgeklärt wurden. Selbst die kleinste biologische Spur konnte zu einer Verhaftung führen. Nachdem er begriffen hatte, dass der kleinste Hinweis genügte, um ertappt zu werden, hatte er sich am Vorabend gründlich den ganzen Körper rasiert. Eineinhalb Stunden hatte es gedauert. Er war 37 Jahre alt, ziemlich kleinwüchsig und wog 117 Kilo. Ohne Haare sah er aus wie ein großer, unappetitlicher Säugling.

Er hatte noch drei Wochen Urlaub und rechnete damit, dass in dieser Zeit ausreichend Haare auf seinem Kopf nachwachsen würden, bevor er wieder zur Arbeit musste. Er hatte sich schon einmal den Schädel rasiert. Um seinen Körper, der stellenweise mit dicken schwarzen Haaren bedeckt war, machte er sich weniger Sorgen. Seit 1999 hatte ihn kein anderer Mensch nackt gesehen. Damals war er nach dem neunzehnten Bier über einen Familiencampingplatz in Luleå spaziert und von der schwedischen Polizei verhaftet worden.

Auf dem Beifahrersitz lag ein großer rosafarbener Kaninchenkopf und verdeckte einen Riss im Bezug. Er gehörte zu dem Kaninchenkostüm, das er vor dreizehn Jahren aus einem Versandkatalog bestellt hatte. Es war für ein Kostümfest gedacht gewesen, das abgeblasen wurde, und danach hatte sich nie wieder die Gelegenheit ergeben, es zu tragen.

Bis heute.

Der Geldtransport der Norwegischen Bank in Vardø würde im Lauf der nächsten Stunde vorbeikommen. Er wusste, dass die Post in Kirkenes gestern Bargeld bestellt hatte, und dass auch andere Banken im Bezirk Bestellungen offen hatten, die mit diesem Transport kommen würden. Die erste Woche seines Urlaubs hatte er mit der Beobachtung der Hauptfiliale in Vardø verbracht. Er wusste genau, welche Autos wann ankamen oder wegfuhren und hatte den Fahrer der Geldtransporte wiedererkannt. Sie waren sich öfter in der Postfiliale in Kirkenes begegnet, und er hatte die Gelegenheit genutzt, um sich ein Bild von ihm zu machen. Würde er heulen wie eine Mädchen, wenn jemand eine Schusswaffe auf ihn richtete, oder würde er dem Räuber eiskalt und professionell die Waffe entreißen und ihn mit dem Hinterkopf auf den Asphalt knallen, um von *VG* und *Dagbladet* interviewt und als Held gefeiert zu werden? Der Fahrer war etwa Mitte dreißig. Er war schlank, aber untrainiert und hatte eine Frau und drei Kinder, über die er liebevoll redete. Es war unwahrscheinlich, dass er sein Leben für ein paar Geldsäcke aufs Spiel setzen würde.

Der Wagen, in dem das Geld transportiert wurde, war kein Dienstfahrzeug. Es war ein burgunderroter Nissan Primera, mindestens dreizehn Jahre alt. Sein eigenes Auto hatte Geir Hilmar versteckt geparkt, auf einem kleinen Parkplatz, den das Straßenbauamt zum Abstellen großer Schneepflüge benutzte. Dieser lag 35 Kilometer nördlich von Vadsø und fünf Kilometer südlich von Vardø.

Es war fast sieben Uhr morgens, und zwischen jedem vorbeifahrenden Auto vergingen im Schnitt zwanzig Minuten. Das Einzige, was nach Geir Hilmars Plan schiefgehen konnte, war, dass ein anderes Auto unmittelbar vor oder hinter dem Geldtransport fuhr. Aber er hatte einen guten Blick in beide Richtungen. Der Überfall sollte an der Spitze einer Kurve geschehen, die dicht am Varangerfjord lag. Auf der anderen Straßenseite ragte ein kleiner Hügel aus dem hohen Gestrüpp, das noch keine Blätter trug.

Er nahm die Kaninchenmaske und stülpte sie sich über den Kopf. Das Kaninchenkostüm sollte zusammen mit der Sexpuppe in Flammen aufgehen. Der Kopf saß lose auf seinen Schultern und wackelte hin und her. Er war aus einer Art Pappmaché und nicht schwer, aber bei jedem Schritt schlug er gegen seinen Kopf. Als er sich bückte, um die Puppe aufzuheben, die ihn mit prallen Lippen und offenem Mund anstarrte, fiel ihm die Maske fast vom Kopf. In eine Tasche des Kostüms hatte er einen schwarzen Müllsack, eine Rolle Paketband und ein Feuerzeug gestopft. In der linken Hand trug er die Waffe. Es war eine alte Schrotflinte, die er im Haus eines Kollegen gefunden hatte. Der frühere Besitzer des Hauses war gestorben und hatte das Haus seinen Kindern hinterlassen, die es loswerden wollten, ohne vorher aufzuräumen. Geir Hilmar hatte die Flinte bei einer günstigen Gelegenheit mitgehen lassen. Sie war nicht geladen.

Mit der Sexpuppe unter dem Arm spazierte er zur Kurve und setzte sich zwischen zwei Büsche am Wegrand. Nach nur sechs Minuten sah er den Wagen auf der langen Geraden. Es war der burgunderrote Nissan Primera. Er sprang aus den Büschen und legte die Sexpuppe mitten auf die Fahrbahn. Er hatte befürchtet, dass der Wind, der hier oft stark war, sie fortwehen könnte, aber das Waschbenzin hielt sie am Boden. Dann rannte er zurück in die Büsche.

Der Fahrer des Wagens, Kristoffer Ingilæ, hatte mitten auf der Straße keine nackte Frau erwartet. Er dachte gerade an einen Karamellpudding, den er gestern gegessen hatte, als er die Nackte sah und voll auf die Bremse trat. Das Auto schlingerte nach links und rechts und blieb direkt vor der Puppe stehen.

Er riss sich zusammen und löste den Sicherheitsgurt. Er hatte keinen Aufprall gehört, also hatte er hoffentlich rechtzeitig angehalten. Vor Angst zitternd öffnete er die Tür und stieg langsam aus.

Die Frau war unbeschadet. Mit offenem Mund und glänzenden Brüsten lag sie dort und starrte ihn lüstern an, und genau in dem Moment, als er begriff, dass es eine Sexpuppe war, sprang ein gigantisches rosa Kaninchen mit einer Flinte in der Hand aus dem Gebüsch.

Er wusste nicht, was er tun sollte, darum blieb er regungslos stehen.

Vor einem Jahr hatte er in Bergen an einem Kurs teilgenommen, in dem man lernte, wie man sich bei Überfällen verhält. Woran er sich am besten erinnerte war die Regel, dass man sich niemals wehren sollte. Man sollte tun, was die Räuber verlangten. Genau dafür entschied er sich, als das Kaninchen auf ihn zukam.

Geir Hilmar hatte alles genauestens geplant. Er würde kein Wort sagen, nur gestikulieren. Selbst der größte Idiot der Welt konnte das verstehen. Wenn du Fahrer eines Geldtransportes bist und jemand ein Gewehr auf dich richtet, hat es dieser Jemand ziemlich sicher auf das Geld abgesehen.

Geir Hilmar musste nicht einmal gestikulieren. Der Fahrer ging zum Auto und holte vier schwarze Koffer heraus, die Geir Hilmar von den Geldtransporten wiedererkannte. Er stellte sie neben die Sexpuppe auf der Straße ab.

Geir Hilmar zeigte mit der Flinte zur Leitplanke auf der anderen Straßenseite. Dann nahm er den schwarzen Müllsack und das Paketband aus der Tasche und stülpte den Sack über den Kopf des Fahrers, der neben der Leitplanke kniete. Mit dem Klebeband fesselte er ihn an die Leitplanke. Es war stark genug, dass er sich nicht selbst befreien konnte.

Er nahm die Koffer und die Puppe und lief in Richtung Parkplatz, wobei er sich pausenlos in alle Richtungen umschaute. Kaum war er bei seinem Auto angekommen, das sicher hinter Bäumen verborgen stand, warf er die Puppe auf den Boden, zog das Kaninchenkostüm und die Schuhe aus und legte beides auf die Puppe. Dann öffnete er den Kofferraum, stellte die vier Koffer hinein und holte einen Fünfliterkanister Benzin heraus. Er schüttete Benzin über Kostüm und Puppe und zündete sie an. Den Plastikkanister warf er ebenfalls ins Feuer. Dann stieg er ins Auto und fuhr mit hoher Geschwindigkeit in Richtung Vadsø, nachdem er sich versichert hatte, dass keine anderen Fahrzeuge in der Nähe waren.

Nachdem er sieben Minuten lang gefahren war, ohne dass ihm jemand entgegen kam, fühlte er sich sicher. Er legte eine ZZ-Top-CD ein und genoss den Augenblick. Geir Hilmar fühlte sich unbesiegbar. Unbesiegbar und reich.

KAPITEL 12

Roy stützte die Ellbogen auf die glatte graue Oberfläche von Schalter 0210 und schaute in den menschenleeren Kundenraum. Es war zehn nach neun, und die meisten Kunden, die so früh kamen, arbeiteten im Einkaufszentrum und holten nur die Post aus den Postschließfächern der Geschäfte.

Im Kundenraum standen verschiedene Warenregale. Links eins mit klassischer Musik aus einer Kampagne von vor anderthalb Jahren, daneben eins mit Neuerscheinungen. Aus der oberen Reihe lächelte ihn Madonna schelmisch an. Gegenüber standen zwei Regale mit DVDs, und über den Raum verteilt ein paar Pappaufsteller im selben Grau wie der Boden, mit Blues- oder Jazz-Angeboten und Playstation-2-Spielen.

Es war sein letzter Arbeitstag.

An Kirkenes mochte er am allermeisten die Leute, die dort wohnten. In Oslo hatte er dem Etagennachbarn ein paar Mal Hallo gesagt, aber er wusste nicht, in welcher Etage die Menschen wohnten, die er auf der Treppe traf. Er wusste nicht einmal, ob sie überhaupt im selben Haus wohnten, also begrüßte er sie auch nicht, wenn sie mit gesenktem Blick und hochgezogenen Schultern an ihm vorbeihasteten.

Warum das so war, wusste er nicht. Vielleicht lag es am Alltagstempo, an der massiven Anzahl von Menschen auf dem Weg zu oder von der Arbeit, dem konstanten Verkehrslärm oder der Tatsache, dass man nicht den Kopf heben konnte, ohne etwas oder jemanden in Bewegung zu sehen. Wenn das eine anhielt, begann sich sofort etwas anderes zu bewegen, es war wie ein Perpetuum mobile aus Fleisch, Blut, Metall und Kunststoff. Ein tägliches Bombardement der Sinne, in dem man nichts mehr aufnehmen konnte, besonders nicht etwas so Umfassendes wie eine Beziehung zu einem Unbekannten. Es gab eine Art stilles Einverständnis zwischen den Menschen, dass Sozialisierung nicht obligatorisch war. Alle hatten genug mit sich selbst zu tun oder taten zumindest so.

Die ersten Tage am Postschalter in Kirkenes machten ihm klar, dass die Distanzierung, die er in Oslo erlebt und selbst praktiziert hatte, das Leben ärmer machte. Kunden, die er nie zuvor gesehen hatte, erzählten ihm, wie weh ihnen die Eier taten, weil sie etwas Neues mit der Alten ausprobiert hatten, oder teilten Angelgeschichten mit ihm, als wären sie alte Schulfreunde. Die üblichen Höflichkeitsphrasen, die er in Oslo West einstudiert hatte, waren hier durch unverfälschte und unangestrengte Kommunikation ersetzt. Diese ungekünstelte Ehrlichkeit verlieh den Menschen eine Art Ruhe und Sicherheit. Hier konnte man in die soziale Rolle schlüpfen, in der man sich selbst am wohlsten fühlte, anstatt sich von der Meinung anderer lenken zu lassen. So ging es jedenfalls Roy. Wenn er nach einem Arbeitstag nach Hause kam und sich ein tiefgefrorenes Fischgratin in den Ofen schob, hatte er das Gefühl, dass er dazugehörte und nicht einfach nur zur Stelle war. Er würde die Kunden vermissen.

Die Kollegen waren wie eine Familie für ihn geworden, was häufig geschieht, wenn Menschen fünf Tage pro Woche, acht Stunden täglich miteinander verbringen. Es waren Menschen, mit denen er Freud und Leid teilte, und die sich um ihn kümmerten. Es würde seltsam werden, sie nicht mehr jeden Tag zu sehen, nicht mehr zu erzählen, was man am Abend zuvor getan hatte und nicht mehr zusammen Kaffee zu trinken, nachdem die Post sortiert war und sie darauf warteten, dass es neun Uhr wurde und die ersten Kunden unter dem Metallgitter durchkrochen, bevor es ganz geöffnet war.

Auch die Kunden würde er vermissen.

Aber das Registrieren von Paketen, das Sortieren von 5000 Briefen täglich und das ewige Genörgel, dass sie mehr Kredite und Versicherungen verkaufen, mehr Konten eröffnen und mehr Anteile an wertlosen Aktienfonds verkaufen sollten, würde er nicht vermissen.

Er freute sich darauf, sein eigenes Glück zu schmieden und ein Großteil des Jahres irgendwo in Südeuropa gut zu leben. Zwar stand ihm harte Arbeit bevor, aber nur drei Monate im Jahr. Dann hätte er auch Zeit, etwas aus dem Haus zu machen. Er hatte es eines Tages auf dem Weg zum Angeln im Fjord entdeckt und gesehen, dass es leer stand. Es hatte einem finnischen Ingenieur aus der Sør Varanger Grube gehört, der vor einigen Jahren gestorben war. Die meisten Häuser in Kirkenes waren von der Eile des Wiederaufbaus nach dem Zweiten Weltkrieg geprägt, sie waren vor allem zweckmäßig. Dieses Haus aber hatte Zierleisten und hübsche, geschnitzte Fensterrahmen.

Es war seine Methode, sich nach der Trennung von Hege abzulenken. Es sollte ein Projekt werden, und wenn es schließlich in all seiner Pracht strahlen würde, wäre er über Hege hinweggekommen und wieder voller Selbstvertrauen sein. Vor zwölf Jahren hatte er nach einem verschwendeten Semester Philosophie in Oslo die Weihnachtsferien bei seinen Eltern in Kirkenes verbracht. Dort hatte er Hege am Süßigkeitenregal im Narvesen getroffen und sich sofort auf eine flirthafte Diskussion über Karamellbonbons und saure Cola-Füße eingelassen.

Es war Liebe auf den ersten Blick. Das braune Haar, das unter der Mütze hervorquoll und ihr Gesicht einrahmte, hatte dieselbe Farbe wie die kleinen, frechen Sommersprossen auf Nase und Wangen und die tiefbraunen, intensiven Augen.

Als Vierzehnjähriger hatte sich seine Schwäche für Mädchen mit langen, flatternden Haaren und Garfield-Büchern in den Händen wesentlich schneller entwickelt als die Kunst, sich ihnen zu nähern. Einmal hatte er einen Jugendfilm über einen Jungen mit Brille gesehen, der besonders gut in Mathematik war und am Ende das Herz des schönsten Mädchens der Schule gewann. Danach war er zu Beate, dem schönsten Mädchen der Klasse, gegangen und hatte gesagt, dass er sie liebe. Beate hatte nur »Bä« geantwortet, und gesagt, er solle sich selbst ficken.

Seitdem war er die Unsicherheit Frauen gegenüber nicht mehr losgeworden. Jeder Versuch, mit hübschen Frauen zu reden, endete auf dieselbe Weise: Die Nackenmuskeln verkrampften sich und er atmete so kurz, dass ihm fast die Luft wegblieb. Das machte es ihm nicht leicht, das Herz einer Frau zu gewinnen, und erneute, missglückte Versuche hatten ihn schließlich dazu gebracht, alle romantischen Vorstöße einzustellen. Aber die Einsamkeit und Sehnsucht waren immer größer geworden. Manchmal schleppte er im Suff Frauen ab, die noch betrunkener waren als er, und vollführte einen Beischlaf, an den er sich am nächsten Morgen kaum erinnern konnte, aber das genügte ihm nicht.

Aber dann war er Hege begegnet. Nur wenige Wochen später war sie mit ihm nach Oslo gezogen. Er ging das Frühjahrsemester an, und Hege fand einen Job als Buchhalterin bei einem Lebensmittelgrossisten in Økern. Roy verlor schon bald das Interesse an der Philosophie, und als er seine Teilzeitjobs in den verschiedenen Postämtern in Oslo zum Vollzeitjob machte, fragte er sich, ob er sich jemals ernsthaft für Philosophie interessiert hatte. Er sah ein, dass er einfach das Fach gewählt hatte, mit dem er am meisten Eindruck schinden konnte, besonders bei den Studentinnen vom Land, die braune Kleider trugen und Bücher lasen, die sie nicht verstanden. Er fühlte, dass er nicht weiterkam. Eines Abends, als sie genug abgestandenes Bier getrunken hatten und eine CD mit irischer Volksmusik hörten, die er bei einer Tombola gewonnen hatte, überredete er sie zum Auswandern. »Die Volksseele«, sagte er. »Die irische Volksseele ist einzigartig.« Dann schwärmte er von den senkrechten Klippen, die er im Fernsehen gesehen hatte, und schließlich zogen sie nach Dublin. Aber Hege vermisste ihre Familie, und als Roy eine Stelle bei der Post in Kirkenes angeboten bekam, zogen sie wieder zurück nach Norwegen. Nur acht Wochen später verließ ihn Hege mit Frode und ging nach Berlevåg. Roys Herz zerbrach in tausend Stücke. Er hatte sie wirklich geliebt. Er begriff nicht, was schiefgelaufen war. Sie war weg und würde nie mehr zurückkommen. Dafür kam die Unsicherheit wieder.

Jetzt war er fertig mit Hege, aber nicht mit dem Haus. Er hatte nicht einmal begonnen. Jahr für Jahr war der Verfall deutlicher zu sehen, und anstatt Selbstvertrauen bekam er ein schlechtes Gewissen. Der Garten auf der Rückseite des Hauses ging bis hinunter zum Fjord. Er war überwuchert und undurchdringlich. Unterhalb des Gartens, hinter einem kleinen Birkenwäldchen lag der Sandstrand, wo frühmorgens bei Ebbe langbeinige Vögel die Schnäbel in den Sand steckten und nach Sandwürmern suchten. Wenn Roy Frühdienst hatte, konnte er sie vom Schlafzimmerfenster aus sehen. Der Strand gehörte zum Grundstück, das ein Vermögen wert gewesen wäre, wenn es am Oslofjord gelegen hätte. An warmen Sommertagen, wenn die Strände auf der anderen

Seite des Flusses voll waren, konnte er die Leute planschen hören. In Ålesund war er mit seinen Freunden mit Kleiderbündeln auf dem Kopf über den schmalen Sund zwischen Sørneset und Borgundgavlen geschwommen, wo sie zwischen hohen Kiefern Krieg gespielt hatten und von runden Felsen in das algengrüne Wasser gesprungen waren. In Kirkenes war er, bis auf einen unfreiwilligen Sturz in einen Bach am Jarfjordfjell, noch kein einziges Mal baden gewesen. Ich werde einen Weg vom Haus bis zum Strand frei schlagen, nahm er sich vor. Wenn Samenland ein Erfolg wird.

Die zwei gestohlenen Lavvos waren schon aufgebaut. Leif hatte in der Mitte der Zelte Feuerstellen aus Naturstein gebaut und ein paar Bänke aus Baumstämmen gezimmert. Das Rentiergehege war noch nicht fertig, und das Außengelände musste noch erheblich verschönert werden, aber nach ein paar Wochen intensiver Arbeit würden sie die ersten entzückten Touristen empfangen können.

Was das Marketing anging, hatten sie keine konkreten Pläne, aber einer von ihnen sollte in Samentracht und mit einem Rentier joikend am Kai stehen, Broschüren verteilen und die Touristen von der Hurtigrute begrüßen. Vielleicht könnte er sie auch mit etwas getrocknetem Rentierfleisch anlocken.

Roy fragte sich gerade, ob Leif es schaffen würde, laut zu joiken, ohne dass das Rentier wild wurde, als ihn eine Frauenstimme aus seinen Träumen riss.

»Habt ihr die neue Platte von Åge Aleksandersen?«

Torhild stand in einem hellblauen Strickpullover vor ihm. Bei ihr galt nicht die übliche Kurzatmigkeit, die dafür sorgte, dass ihn niemand verstehen konnte, weil er leise murmelte, um seine Nervosität zu verbergen. Er war so verliebt in sie, dass er mindestens sieben Sekunden Vorbereitungszeit brauchte, um überhaupt ein Ja oder ein Nein herauszukriegen. Und nun stand sie plötzlich direkt vor ihm. Seine Nackenmuskeln waren schon verkrampft, aber dass sie nach der neuen Åge-Aleksandersen-CD fragte, war ein echter Schock. Er hasste Trønderrock. Zitternde, heisere Stimmen, die von der E6 und Seilwinden sangen. Alle romantischen Vorstellungen von Torhild mit Blumenkranz im Haar auf einer Waldlichtung und keltischem Gesang im Hintergrund wurden mit einem Mal von grölenden Bauern aus dem Trøndelag zerstört, die auf ihren Traktoren durch den Wald donnerten. Jetzt sah er sie vor sich, in Stone washed Jeans, Jeanshemd, schwarzer Lederweste und mit einem halben Liter Bier in der Hand. Mit Kautabak unter der Oberlippe johlte sie den Musikern zu.

Aber die Enttäuschung dämpfte die Nervosität und machte ihn gleichgültiger. Er sah, dass sie einen Einzahlungsbeleg für die Mitgliedschaft im Roten Kreuz Sør Varanger in der Hand hielt.

»Åge Aleksandersen, tja. Wir hatten sie auf jeden Fall. Hast du sie nicht da drüben gefunden?« Er zeigte auf das Regal mit neuen CDs, aber sie schüttelte den Kopf.

»Da habe ich schon nachgesehen.«

»Ich kann im Lager nachschauen, wenn du willst. Vielleicht liegen dort noch ein paar CDs, die noch nicht ausgepreist sind.«

Sie nickte und lächelte. »Ist nicht schlimm, wenn du sie nicht hast. Eric Clapton mag mein Onkel auch, den kann ich ihm auch schenken.« Roy blieb eine Sekunde stehen, bevor er ins Lager ging. Er spürte nach, während er die Information verdaute, wartete auf die übliche Reaktion, aber vorläufig fühlte er sich natürlich und locker. Offenbar hatte das Missverständnis seine Synapsen so verwirrt, dass sie nun Roys eigene Signale ignorierten und sich weigerten, die Nackenmuskeln zu verkrampfen.

Er beschloss, die »Wie-geht-es-dir-hier-oben-in-der-Einöde-Methode« zu probieren, die er genauestens einstudiert hatte. Nachdem er alle CD-Stapel in dem kleinen Lager durchsucht hatte, ging er zurück zum Schalter, aber als er sie dort stehen sah, war es zu spät. Die Muskeln verkrampften sich wieder. Er hatte das Gefühl unter Wasser zu sein. Die Lungen schienen keinen Sauerstoff mehr aufzunehmen, aber er beschloss, dagegen anzukämpfen.

»Nein.«

Sie sah ihn an und neigte den Kopf. »Nein?«

»Ja.«

»Du hast keinen Åge Aleksandersen?«

Er versuchte tief einzuatmen, um ein »Nein, leider nicht« herauszupressen, aber es ging nicht. »Nein.«

Sie zuckte mit den Schultern und schaute zu dem Regal mit den neuen CDs. Ihr langes, sandblondes Haar fiel ihr in sanften Wellen über die Schultern. »Da kann man nichts machen. Ich komm demnächst noch mal rein und such mir eine Clapton-CD aus, jetzt muss ich los.«

Trotz des enttäuschenden Endes des Gesprächs war er zufrieden. Denn bis dahin hatte er sich fast normal benommen und mehr als je zuvor mit ihr gesprochen.

Rotes Kreuz, dachte er.

KAPITEL 13

Geir Hilmar Løvås warf eine leere Fantaflasche in den Straßengraben und setzte sich ins Auto. Er hatte sie benutzt, um den Kühler mit Wasser aus einem 200 Meter entfernten Bach zu füllen, nachdem der Kühler keine zwanzig Kilometer vom Tatort entfernt übergekocht war.

... Der Geldtransport der Norwegischen Bank Vardø wurde von einem bewaffneten Mann überfallen, der sich als Kaninchen verkleidet hatte. Die Polizei untersucht den Tatort, hat aber vorläufig noch keine Spur. In Neiden und Varangerbotn wurden Straßensperren errichtet; alle Fahrzeuge werden durchsucht.

Das Radio ging an, als er den Motor startete. Er hatte warten müssen, bis der Kühler kalt genug war, um neues Wasser einzufüllen, aber so lange war es ihm nicht vorgekommen. Er schaltete das Radio aus und fluchte.

Nach seinen Berechnungen hätte es mindestens eine Dreiviertelstunde dauern müssen, bis die Polizei den Tatort erreichte. Bestimmt war zufällig eine Streife vorbeigefahren.

Schweißtropfen liefen ihm die Stirn herunter, er stand kurz vor einem Panikanfall. In einer Dreiviertelstunde würde er die kleinen Einfamilienhäuser am Ortsrand von Varangerbotn erreichen, aber dann war es zu spät.

Er drehte am Rückspiegel, um nach Verfolgern Ausschau zu halten, aber auf der langen, geraden Strecke war kein Auto zu sehen, auch nicht in entgegengesetzter Richtung. Er musste es riskieren.

400 Meter weiter kam eine Kurve. Er stieg auf die Bremse, und das kleine Auto schleuderte auf die Gegenfahrbahn, ehe er die Kontrolle wiedergewann und am Straßenrand anhielt. Im Lauf von fünfzehn fieberhaften Sekunden nach der Radiomeldung hatte er einen Plan ausgearbeitet. Jetzt musste alles sehr schnell gehen.

Er sprang aus dem Wagen, öffnete den Kofferraum und holte die schwarzen Koffer und die Flinte heraus. Dann sah er sich kurz um, lief über die Straße und warf die Koffer die Böschung hinab. Die Flinte schleuderte er so weit er konnte, sie landete mit einem Platsch im Wasser und schreckte ein paar Möwen auf, die auf den sanften Wellen schaukelten. Aus Angst, dass jemand um die nächste Kurve kommen und ihn sehen könnte, rannte er zum Auto zurück und fuhr weiter. Alles war sehr schnell gegangen.

Geir Hilmar versuchte sich zu beruhigen, aber es fiel ihm schwer. Sein Herz klopfte, als wolle es sich einen Weg durch den Brustkorb hämmern, und seine Hände zitterten so sehr, dass er kaum das Steuer festhalten konnte. Der Versuch, eine Zigarette anzuzünden, misslang kläglich, und nachdem er sich dabei fast seine grüne Schirmmütze angezündet hatte, gab er auf.

Er passierte Vadsø, und mit jedem Kilometer, mit dem er sich Varangerbotn näherte, spannten sich seine Nerven mehr an. Hinter einer Linkskurve tauchte das erste grüne Haus auf. Bald würde er das Zentrum erreichen, wo die Polizei auf ihn wartete. Was würden sie ihn fragen? Und was sollte er antworten? Würde er überhaupt eine Antwort herausbekommen?

Er schaltete die Stereoanlage ein, drückte auf den kleinen, gelb erleuchteten Knopf und ließ noch einmal ZZ Top laufen.

If you see me walkin' down the line,
With my favourite honky tonk in mind,
I'll be there about supper time,
With my can of dinner and bunch of fine …

Langsam beruhigte er sich. Die Gitarren, das Schlagzeug und der metallische Gesang. Es war wie früher, wenn seine Mutter ihn tröstete, weil er mitten in der Nacht aus einem Traum von Werwölfen mit gelben Augen oder dunklen, grausamen Gestalten, die aus dem Kleiderschrank schwebten, aufgeschreckt war. »Alles wird gut, mein lieber Kleiner, es war ja nur ein Traum.«

Beer drinkers and Hell Raisers,
Baby, don't you wanna come with me …

Der Polizist, der ihn kurz vor dem Kreisel anhielt, sah müde aus. Er hielt einen Kaffeebecher von der Statoil-Tankstelle auf der anderen Straßenseite in der linken Hand, und die Krümel eines Plunderstückchens lagen wie hellbraune Schuppen zwischen seinem Hemdkragen und der schwarzen Lederjacke. Zu seiner Linken standen die niedrigen, torfgedeckten Gebäude des Samischen Museums, und rechts von der Straße nach Tana ragte ein braunes Gebäude empor, in dem sich ein Lebensmittelgeschäft, eine Kneipe und ein Waffenladen befanden. Auf der gegenüberliegenden Straßenseite standen zwei Lastwagen vor dem Café, wo die Fahrer ihren Morgenkaffee tranken, bevor sie nach Finnland oder Schweden weiterfuhren. Geir Hilmar wollte nach links in Richtung Kirkenes abbiegen.

Der Polizist ging langsam um das Auto herum, untersuchte das rechte Vorderrad und schrieb etwas in seinen Notizblock. Geir Hilmar war zwar noch immer nervös, aber fühlte sich ruhiger als vor Kurzem noch. Er kurbelte die Scheibe herunter, als ihm der Polizist dies mit einer Handbewegung andeutete.

»Wie lang sind Sie heute schon unterwegs?«

Geir Hilmar hielt die linke Hand an der Kurbel und die rechte am Steuer. Er bemühte sich, entspannt auszusehen. Die Hand am Steuer hatte wieder zu zittern begonnen, aber nicht so kräftig, dass der Polizist es bemerkte. »Ich war in Vardø.«

Der Polizist beugte sich nach vorn und hielt die Hand über die Augen, um das Wageninnere zu kontrollieren. »Haben Sie unterwegs etwas Verdächtiges gesehen? Vor einer Stunde hat jemand einen Geldtransport zwischen Vadsø und Vardø überfallen.«

»Nein, nichts. Nichts Verdächtiges, meine ich.« Er dachte nach.

»Ich bin schon vor halb sechs aus Vardø weggefahren. Vögel, wissen Sie?«

Der Polizist sah ihn fragend an. »Vögel?«

»Ja, ich mag Vögel. Und da muss man früh aufstehen. Am Fjord hat die Nistzeit begonnen. Seltene Arten. Gegen halb sieben hielt ich ein paar Kilometer hinter Vadsø an und blieb dort eine Weile, um Nistplätze zu beobachten.«

»Nistplätze? Kann ich Ihren Führerschein und die Wagenpapiere sehen?«

Geir Hilmar zog die Papiere aus der zerrissenen Plastikmappe im Handschuhfach und gab sie dem Polizisten, der wieder etwas in seinen Notizblock schrieb. Dann gab er ihm die Dokumente zurück.

»Haben Sie etwas dagegen, wenn ich mir Ihren Kofferraum ansehe?«

Geir Hilmar schüttelte den Kopf. »Bitte schön, tun Sie sich keinen Zwang an.«

Der Polizist ging nach hinten und öffnete den Kofferraum. Er bückte sich und hob die dünne Glasfiberplatte an, die mit hellgrauem Filz bedeckt war, fand aber nur ein Reserverad und einen verrosteten Wagenheber darunter. Er schloss den Kofferraum wieder, ging zur Fahrertür und sah Geir Hilmar an. »Haben Sie noch etwas zu sagen?«

Geir Hilmar war verwirrt. »Was? Sagen? Nein. Nichts.«

»Sind Sie sicher?«

»Ja.«

Der Polizist starrte ihn weiter an. »Dann können Sie weiterfahren. Rufen Sie bitte die Polizei an, wenn Ihnen irgendetwas Verdächtiges einfällt, das Sie unterwegs gesehen haben. Schönen Tag!«

Geir Hilmar setzte das Auto in Bewegung. Er kurbelte das Fenster hoch, fuhr langsam in den Kreisel und bog Richtung Kirkenes ab.

Er klappte die Sonnenblende herunter und betrachtete sich selbst im Spiegel. Warum hatte der Polizist ihn so angestarrt? Hatte er einen großen Popel auf der Oberlippe?

Er sah aus wie ein Fragezeichen. Nicht, weil er sich etwas fragte, sondern weil er in seinem Eifer, den perfekten Raubüberfall zu begehen, beide Augenbrauen abrasiert hatte.

Aber er hatte jetzt wichtigere Probleme. Heute Nacht musste er zurückfahren und die Koffer holen, bevor sie ein anderer fand. Er versuchte sich an Details der Stelle zu erinnern, wo er sie über die Leitplanke geworfen hatte, die Vegetation und die zwei Bootsschuppen ein Stück weiter. Hoffentlich hatte er sie nicht zu weit geschleudert. Wenn die Flut sie erreichte, konnte vielleicht Salzwasser in die Koffer eindringen und die Banknoten zerstören. Am Ende würden sie sogar fortgeschwemmt werden, wenn die Flut sich zurückzog.

POLITI

Dokumentnummer: P-05-1/1
Ausstellungsdatum: 02.05.07

Beweisbericht: Bewaffneter Überfall auf Geldtransport	**Tatort:** Riksvei E75, Vardø–Vadsø

Beilage zum Hauptbericht, Sachnummer P-05-01.

- Kaninchenauge: Fundort Schotterweg, in 40 m Entfernung vom Tatort, emailliertes Aluminium (1mm) mit mittigem Loch zwecks Durchsicht. Ruß auf beiden Seiten (Versuchte Pyrodestruktion von Beweismitteln). Teil der Maskierung (bestätigt von Zeuge 1).
(s.e.o. /qa,'an Lab.)

- Müllsack: Plastik, schwarz, über Zeuge 1 gestülpt (bestätigt von Zeuge 1).
(s.e.o. /qa,'an Lab.)

- Klebeband: Braunes Paketband (Breite: 6 cm), angewendet zur Restriktion von Zeuge 1, um Müllsack gewickelt (bestätigt von Zeuge 1).
(s.e.o. /qa ,'an Lab.)

- Reifenspur: Fundort Schotterweg, in 40 m Entfernung vom Tatort, Tiefe: 1,2 cm, Länge: 39 cm, in begrenztem, ovalen Feld feuchten Bodens (unbekannte Flüssigkeit). Angrenzende Reifenspuren zu schwach wg. trockenem Untergrund. Abdruck vorgenommen, Flüssigkeitsprobe gesichert.
(s.e.o. /qa ,'an Lab.)

- Rosa Faser: Auf Zeuge 1, Müllsack und Vegetation um Pyropunkt. Von Verkleidung (bestätigt von Zeuge 1).
(s.e.o. /qa ,'an Lab.)

Ost-Finnmark Polizeidirektion
Rådhussvingen 1
9900 Kirkenes
Tel.: 78 97 20 20

KAPITEL 14

»Willst du den kaufen?«

Ihr russischer Akzent jagte Ailo eine Gänsehaut über den Rücken. Russische Frauen waren seine große Leidenschaft. Sie putzten sich gern heraus, und Ailo liebte gut aussehende Frauen. Er stand neben dem Kleiderständer in der Einkaufspassage und inspizierte einen der Anoraks. Sie kam aus dem Geschäft heraus, ihre Hüften schwangen im Takt mit dem Klappern der hohen Absätze auf dem Parkett. Russische Frauen strotzten vor Weiblichkeit. Wie sie gingen, wie sie standen, wie sie auftraten. Weiche, hypnotische Bewegungen. Die Zeit war längst vorbei, als russische Frauen gleichbedeutend mit Prostitution und alten Männern in verlassenen Fjordlöchern waren. Aber weil dieses Vorurteil noch existierte, traten sie mit einem defensiven Stolz auf, den einige als arrogant und abweisend missverstanden. Nicht so Ailo. Er fand sie gebieterisch, und das machte ihn verrückt.

Er warf einen Seitenblick auf eine Norwegerin, die vor der Apotheke nebenan wartete. Ihre Haare waren kurz geschnitten, und alle Anzeichen weiblicher Formen waren unter den ausgebeulten Jogginghosen und dem weiten College-Pullover verborgen.

Das war der Trend bei vielen Frauen in Kirkenes. Jogginghosen und kurze Haare. Vielleicht aus praktischen Erwägungen. Wie in der Architektur beim Wiederaufbau in der

Nachkriegszeit. Hohe Absätze und kurze Röcke waren unpraktisch, wenn der Nordwind für Schneeverwehungen auf den Gehwegen sorgte. Aber selbst wenn der Wald grün wurde und die Temperatur über sieben Grad stieg, marschierte die Jogginghosen-Junta durch die Straßen wie frisch geschälte Rüben.

Die meisten russischen Frauen in Kirkenes kamen aus Murmansk, einer Stadt mit 320 000 Einwohnern. Er hatte gehört, dass dort auf jeden männlichen Einwohner vier Frauen kamen. Und dass dies der Grund war, warum sie sich gern herausputzten. Survival of the hottest.

»Gute Kapuze.« Er steckte die Hand in die Kapuze und drückte gegen den grünen Stoff. »Imprägniert?«

»Was?« Die russische Frau stand neben ihm.

»Ist die wasserdicht?« Er zog die Hand heraus und deutete auf die Kapuze.

»Ich habe doch vorgestern schon gesagt, dass sie winddicht ist.«

»Nein, ich meine wasserdicht. Was ist, wenn es regnet?«

Die Plastikperlen in ihren Armbändern rasselten, als sie die Hände in die Hüfte stemmte. »Willst du ihn kaufen?«

»Ich hab mal einen Eskimo gekannt. Christian Kjelstad Arsug.« Ailo bückte sich und untersuchte die Ärmel, die fast bis zum Boden hingen. »Gute Nähte. Verdammt gute Nähte.«

»Nähte? Willst du ihn kaufen oder nicht?«

Er schüttelte den Kopf. »Muss noch ein wenig nachdenken. Jetzt könnte ich Christian gut gebrauchen. Ein komischer Vogel. Aber mit Anoraks kannte er sich aus.«

Sie drehte sich um und ging mit klappernden Absätzen zurück ins Geschäft. Das Geräusch erinnerte Ailo an die Kastagnetten, die Randi auf Gran Canaria gekauft hatte. Sie hingen im Wohnzimmer über dem Kamin, neben dem getrockneten Seehundpenis, den sie von Randis Tante zur Hochzeit bekommen hatten. Er hatte früher über ihrem Ehebett gehangen und sollte sie mit gesunden Töchtern und Söhnen segnen. Aber nach vier kinderlosen Jahren hatten sie ihn über den Kamin gehängt, weil er stank. »Es gibt Kräfte in der Natur«, hatte Ailos Mutter gesagt und Zaubersprüche gesungen und gejoikt, bis sie heiser war. Aber Randi wurde trotzdem nicht schwanger. Dann liehen sie ein Rentierfell aus, auf dem schon mindestens fünfzig Samenpaare erfolgreichen Beischlaf gehabt hatten. Als auch dies nicht half, stellten sie alle Versuche ein.

Ailo ging an der Schlange vor dem Bankautomaten und den Rolltreppen vorbei zu dem Windfang zwischen den breiten Gleittüren, wo er stehen blieb und wartete. Gestern Abend hatte ihn einer angerufen, der zwei Rentiere von ihm ausleihen wollte, und sie wollten sich um zwei Uhr hier treffen.

Die schwere Matte löste sich vom Boden, weil Ailo ungeduldig gegen die Gummikante trat. Er sah auf die Uhr. Das Knirschen der Schiebetüren begann ihm auf die Nerven zu gehen. Er hasste Warten.

»Hallo. Bist du Ailo? Ballo?«

Ein Glatzkopf mit Bart war neben ihm stehen geblieben. Er nickte.

»Super. Ich hab dich gestern angerufen. Leif. Wegen der Rentie…«

»Du willst zwei Rentiere ausleihen?«

»Ja, für ein Erlebniszentrum, das wir in Pasvik bauen. Es wird …«

»Wie zum Teufel willst du auf zwei Rentiere aufpassen, wenn du nicht mal die Uhr lesen kannst? Es ist Viertel nach zwei.«

»Wir haben einen Samen im Team. Einen echten Samen. Er heißt Fredrik.«

Ailo schüttelte den Kopf. »Was wollt ihr mit den Rentieren?«

»Wir wollen sie in einem Gehege in Pasvik halten. In Samenland. Ein Erlebniszentrum für Touristen, in dem die Besucher erfahren können, wie es ist als echter Same zu leben. Und da brauchen wir nun mal Rentiere und alles.«

»Die Erfahrung, wie es ist als echter Same zu leben?« Ailo zog ein Päckchen Tabak aus der Tasche.

»Jepp, so haben wir uns das gedacht.«

»Wollt ihr ihnen Fernsehkomödien zeigen, in denen Samen lächerlich gemacht werden?« Er verteilte Tabak auf das dünne Papier und rollte es zusammen.

»Was? Nein, wir …«

»Vielleicht eine Revue? Mit lustigen Samensketchen?« Das Papier knisterte, als er die Zigarette anzündete.

»Nein, aber …«

»Oder sie in Samentracht stecken und am Samstagvormittag einen Stadtrundgang machen, damit sie sehen, wie es ist, wenn die Leute hinter deinem Rücken kichern und flüstern?«

»Ja, Samentracht bekommen sie, aber wir gehen nicht …«

»Ihr könntet in einer schönen Kantine Mittagspause machen, wo sich die Leute lustige Samenwitze beim Essen erzählen!« Der Rauch seiner Zigarette mischte sich mit den Abgasen des Busses, der an der Haltestelle vor ihnen hielt.

»Nein, es soll eigentlich nur …«

Ailo kickte einen Pappbecher, der vor ihm auf den Boden lag. Es war noch ein Rest Kaffee darin, der hochspritzte und sein Hosenbein braun besprenkelte.

»Ihr wollt doch, dass es authentisch wird? Die Touristen sollen also erfahren, welchen Effekt eingefleischte Vorurteile auf ihr Selbstbild als echte Samen haben?«

»Nein, wir …« Leif spielte mit einem Schlüsselanhänger in der Jackentasche. »Wir wollen uns auf das Lavvo-Leben konzentrieren. Und aufs Lassowerfen. Ein ganzheitliches Samenlager-Erlebnis. Weit weg von der modernen Welt, verstehst du? ›Bitte schalten Sie Ihre Handys aus‹ und so weiter. Eine kulturelle und geistige Reise, könnte man sagen.«

Ailo drehte sich zum Eingang um und versuchte, einen letzten Blick auf die Russin zu erhaschen.

»Wo ist Samenland?«

»Oben bei Strand. Kurz vor Strand links abbiegen.«

»9000. Für zwei Rentiere, drei Monate.« Er drehte sich wieder zu Leif.

»In Ordnung. Können wir welche mit großem Geweih bekommen? So groß wie möglich, dann wird das Lassowerfen leichter.«

Ailo schnipste die Kippe in eine Pfütze. »Ich komme übermorgen.«

KAPITEL 15

Ein Rasseln. Oder ein Klirren. Dann fiel etwas um. Die Geräusche kamen aus der Küche.

»Ich glaube, das wird scheißgut, Roy.«

Roy schaute zur Küchentür. Fredrik hatte sie angerufen und sie gebeten, um fünf Uhr zu ihm zu kommen, direkt ins Wohnzimmer zu gehen und sich aufs Sofa zu setzen. »Vergesst nicht, wenn ich aus der Küchentür komme, bin ich nicht mehr Fredrik. Dann bin ich Schamane«, hatte er angekündigt.

»Wir sollten ...« Roy wurde von einem Trommeln unterbrochen. Oder einem Hämmern. Leif zeigte auf die Küchentür.

»Jetzt kommt er, Roy, jetzt kommt er!«

Die Tür ging auf, aber niemand kam. Das Trommeln wurde intensiver, frenetisch, bis es plötzlich verstummte. Roy lehnte sich vor, um in die Küche zu schauen, und in dieser Sekunde sprang Fredrik heraus. Er landete vor ihnen, mit einer weißen Wolldecke um den Körper geschlungen. In einer Hand hielt er einen Kochtopf, in der anderen eine Spaghettikelle. Von seinen Wangen hingen ein paar Streifen schwarzes Klebeband. Auf dem Kopf trug er ein kleines Rentiergeweih, das er mit Küchengarn um die Stirn gebunden hatte. Er stand ganz still, nur die Augen bewegten sich zwischen Roy und Leif hin und her, schneller und immer schneller. Dann begann er mit einem Fuß zu stampfen und mit der Spaghettikelle auf den Topf zu schlagen. Er grunzte. Eine Art rhythmisches, gurgelndes Grunzen. Er senkte den Kopf und schwang das Geweih hin und her. Mit einem kleinen Hopser wechselte er das Standbein, aber dabei fiel ihm der Kochtopf aus der Hand und landete auf seinen Zehen. Fredrik hörte sofort auf zu grunzen.

»Verdammte Scheiße, voll mit der Kante! Scheißtopf!« Er trat gegen den Kochtopf, sodass dieser durchs ganze Zimmer schlitterte. »Ich war noch nicht fertig. Aber was soll's. Wie findet ihr es, Jungs?«

Roy sah Leif an. Leif sah Fredrik an und deutete auf seinen Kopf. »Schönes Geweih.«

Fredrik nickte. »Danke. Ich habe versucht, die Essenz der Rentierkraft einzufangen. Seine Urkraft, die Virilität. Damit die Zuschauer in der geistigen Aura des Rentieres baden und ihr inneres Rentier finden können.«

Roy musterte ihn. »Aber du trägst eine Wolldecke. Und schlägst auf einen Kochtopf.«

»Das ist nur provisorisch. Ich wollte euch bloß einen ersten Eindruck vermitteln.« Das Küchengarn löste sich und das Geweih rutschte auf seine Schläfe. »Ich werde mir einen weißen Pesk und eine Runentrommel besorgen.«

»Pesk?«

»Ja, einen Pesk. Kleider aus Rentierfell.«

»Okay. Und wozu hast du Klebeband im Gesicht?«

»Wenn ich später in echt auftrete, schminke ich mich mit Kohlestift. Aber davon kriege ich Pickel, deshalb hab ich jetzt Klebeband genommen.«

Leif klopfte Roy auf die Schulter. »Das ist Gold wert, Roy. Die Touristen werden durchdrehen. Vielleicht können wir sie mittanzen lassen, sie müssen ja nur stampfen und grunzen. ›Finde dein inneres Rentier!‹ Das ist Gold wert. Wir könnten ihnen Diplome ausstellen, ein ›Inneres-Rentier-Diplom‹, das können sie dann mit nach Hause nehmen.«

Roy musterte Fredrik und runzelte die Stirn. Fredrik hielt noch immer die Spaghettikelle in der Hand. »Doch, das könnte klappen. Mit echtem Pesk. Und Tamburin.«

»Runentrommel.« Fredrik rückte das Geweih zurecht.

»Was?«

»Es heißt Runentrommel. Nicht Tamburin.«

KAPITEL 16

Roy saß in der ersten Reihe. Links hinter ihm, in der dritten Reihe, saß Torhild. Er hasste es, ganz vorne zu sitzen, es fühlte sich an, als starrten alle auf seinen Nacken. Und er war sich nicht sicher, ob die Haare am Hinterkopf richtig lagen.

Vor fünf Wochen hatte er eine Tube Haargel gekauft, nachdem er im Wartezimmer beim Zahnarzt in einer Zeitschrift gelesen hatte, dass eine gute Frisur Männer attraktiver macht. An diesem Abend nun hatte er 35 Minuten vorm Spiegel verbracht, bis er halbwegs zufrieden war. Er hatte die Haare nach hinten gekämmt und etwas zerzaust, aber als er unterwegs in den Rückspiegel guckte, fand er plötzlich, dass es aussah, als hätte er den Kopf in einen Eimer Kleister getaucht. Er drehte um, fuhr nach Hause und wusch das Gel aus den Haaren. Deshalb kam er zu spät, um einen Platz in der letzten Reihe zu ergattern, wie er es geplant hatte. Dort hätte er zwei Stunden lang in Ruhe Torhilds Anblick genießen können. Vielleicht hätte sie sich direkt vor ihn gesetzt, und er hätte den Blumenduft ihres Shampoos eingeatmet, wenn sie die Haare anhob und ihren perfekten Nacken entblößte.

Leif zufolge konnte man den Grad der Verliebtheit daran messen, welche Körperteile einen am meisten an einer Frau faszinierten. Der Nacken deutete eine Liebe an, die ans Pathetische grenzte, besonders wenn man nichts über die Frau wusste, in die man verliebt war. In diesem Fall lag die Chance einer Enttäuschung bei ungefähr 97 Prozent.

Jedes Mal, wenn Leif diese Theorie vorbrachte, sang Roy »There ain't no cure, there ain't no cure, there ain't no cure for Leif.«

Aber nun saß er in der ersten Reihe neben einem Mann mit Lederweste, der nach Zwiebeln roch. Um Torhild zu sehen, musste er seinen Kopf um 45 Grad drehen und riskieren, dass sie sein Doppelkinn bemerkte. In den fünf Reihen aus harten Stühlen saßen ungefähr dreißig Leute und warteten auf den Beginn der Versammlung. Das Rote Kreuz Sør Varanger veranstaltete seine Treffen im Sportclub Bjørnevatn. An allen Wänden standen Vitrinen voller Pokale und Statuetten von Skiläufern und Fußballspielern in Gold und Silber. Vor ihnen saß ein Mann in roten Hosen, der eine Übungspuppe aus einem großen Metallkoffer holte. Sie war in der Mitte geknickt, sodass die Beine neben dem gelben Haar in die Höhe ragten. Leif warf Torhild einen nervösen Blick zu. Verdammt, dachte er. Frauen lieben lustige Männer. So eine Chance bekomme ich nie wieder. Er räusperte sich. »Gib's doch auf!«

Der Mann in der roten Hose bemerkte nicht, dass Roy mit ihm redete, aber Roy zeigte auf die Puppe. »Gib's einfach auf, Mann, du hast keine Chance.«

Der Mann stand auf. Sein schwarzes Haar war vorne und an den Seiten kurz geschnitten und lang über den Rücken hinunter. Er trug ein beiges T-Shirt mit dem Logo der Blutbank im Krankenhaus von Kirkenes. »Aufgeben?«

Roy versicherte sich rasch, ob Torhild ihn sah, und zeigte auf die Puppe. »Sieh sie doch mal an.«

»Ja?«

»Sieht aus, als wäre es ein bisschen zu spät für Erste Hilfe, oder? Ich glaube nicht, dass sie in nächster Zeit das Tanzbein schwingen wird.«

»Was?«

Jemand kicherte. Ein herrliches, trillerndes Kichern. Er drehte sich um und sah, dass Torhild mit dem Lachen kämpfte. Damit hätte er sich zufriedengeben sollen. Aber Torhild kicherte, sie fand ihn lustig. »Ich glaube, die ist nicht mehr zu retten. Hoffentlich hatte sie eine Lebensversicherung?«

Der Mann in der roten Hose kam auf Roy zu und musterte ihn eine Weile, ohne ein Wort zu sagen. Es war mucksmäuschenstill. Torhild hatte aufgehört zu kichern. »Du findest das wohl lustig? Du findest wohl, dass verstümmelte Menschen eine gute Unterhaltung sind? Menschen mit Familie und Kindern, die nach einem Unfall auf der Straße liegen und verbluten?«

»Nein, ich hab ja nur …«

»Du findest das, was wir hier tun, lustig? Dass wir Menschenleben retten wollen?«

»Nein, ich …«

»Wenn du darauf spekulierst, diese roten Hosen tragen und beim Roten Kreuz mitmachen zu dürfen, schlage ich vor, dass du den Mund hältst und dir deine Witze sparst. Wenn du unsere Arbeit nicht ernst nehmen kannst, solltest du lieber gleich gehen. Da drüben ist die Tür.«

Roy drehte sich vorsichtig um. Wütende Blicke. Von allen, außer von Torhild. Sie hielt sich die Hand vor den Mund, aber er sah, dass sie lächelte. Sie kicherte mit den Augen. Über ihn.

»Nein, nein, ich reiß mich zusammen. Tut mir leid, ich wollte nicht stören.«

»Schon in Ordnung. Du bist neu hier. Wie heißt du?«

»Ich heiße Roy.«

»Gut. Ich heiße Ulf.«

Ulf ging zurück zu der Puppe und klappte ihre Beine herunter, sodass sie in voller Länge auf dem Boden lag.

»Okay. Die meisten kennen das schon. Dieses Mädchen hat keinen Puls. Was sollen wir tun?«

Der Mann in der Lederweste neben Roy streckte den Arm in die Höhe, und Ulf winkte ihn zu sich. »Los, Reidar. Zeig uns, was zu tun ist. Wir haben sie gerade aus dem Meer gefischt. Sie trug keine Rettungsweste, das könnte verhängnisvoll für sie sein. Aber zum Glück ist Reidar zur Stelle.«

Reidar grinste stolz und kniete sich neben die Puppe, um sie wiederzubeleben. Er knöpfte ihre dünne Jacke auf und öffnete sie. Warum zum Teufel macht er das?, fragte sich Roy. Reidar machte alles richtig, aber Roy konnte sich nicht konzentrieren. Die üppigen, glänzenden Plastikbrüste der Puppe standen in die Höhe, mit kleinen, frechen Brustwarzen oben drauf. Sie waren perfekt. Er bekam Lust, sie anzufassen, sie vorsichtig zwischen die Fingerspitzen zu nehmen und zu streicheln. Sie in den Mund zu nehmen.

»Jetzt du, Roy.«

Reidar hatte sich wieder hingesetzt, und Roy wachte aus seinem Tagtraum über Puppenbrüste auf.

»Was?«

»Du bist dran, Roy. Du hast gesehen, wie Reidar es gemacht hat. Komm schon.«

Roy hatte nicht zugesehen, was Reidar gemacht hatte. Aber das war nicht sein größtes Problem.

Der Tagtraum hatte physische Konsequenzen gehabt.

»Ich schau lieber noch mal zu, Ulf.«

»Jetzt komm schon!«

»Nein, ich will es lieber noch mal sehen, ich bin ein bisschen unsicher.« Er drehte sich um. Torhild sah ihn an. Er spürte, wie sich sein Nacken verkrampfte.

»Der beste Weg zu lernen ist, es selbst auszuprobieren, Roy. Komm jetzt.«

»Nein, ich …«

»Roy, sie liegt im Sterben, verdammt! Du hast keine Zeit für Unsicherheit. Ihr Leben steht auf dem Spiel. Jede Sekunde zählt. Willst du ihren Tod auf dem Gewissen haben?«

»Ich …«

»Was? Du willst in Kauf nehmen, dass sie stirbt?! Los, sag was!«

Das war zu viel für Roy. Ulf in der roten Hose, der ihn anschrie. Die Erektion. Torhild. »Es ist eine Puppe, zum Teufel! Sie ist aus Plastik, du blöder Psycho!«

Alle schwiegen. Außer Torhild, die laut lachte. Ulf zeigte auf die Tür. »Raus!«

Aber Roy konnte nicht. Noch nicht. »Nein.«

»Verschwinde von hier!«

Roy drehte sich noch einmal zu Torhild um, die Tränen in den Augen hatte. »Nein, ich schaue noch ein bisschen zu.«

»Reidar, hilf mir, ihn rauszuschmeißen.«

Reidar stand auf und packte Roy am Arm, aber er bekam nur seinen Ärmel zu fassen, und Roy riss sich los. Reidar taumelte zurück und stolperte über die Puppe. Roy stand auf und wollte nachsehen, ob ihm nichts passiert war, da kam Ulf auf ihn zu. Mit geballten Fäusten. Er holte zum Schlag aus, da bemerkte er Roys Erektion. Roy sah, dass er verwirrt war, und nutzte die Chance. Er schubste Ulf, der nach hinten fiel und einen Overheadprojektor umriss, bevor er neben Reidar zu Boden ging. Roys Erektion verschwand. Er drehte sich zu den anderen. »Noch jemand, der mich rauswerfen will?«

Niemand sagte ein Wort. Manche sahen einander an, andere senkten den Blick. Ein Siebzigjähriger stemmte die Handflächen auf die Stuhlkanten, um aufzustehen, aber die Frau neben ihm flüsterte ihm etwas ins Ohr und schüttelte den Kopf, und er lehnte sich wieder zurück. Roy nickte ihm zu. »Dachte ich mir.«

Dann ging er. Und als er an Torhilds Reihe vorbeischritt, lächelte sie ihn an und winkte ihm verstohlen zu, damit es die anderen nicht sahen. Einen Augenblick lang überlegte er, ob er zu ihr gehen, ihre Hand ergreifen und sie mitnehmen sollte, wie im Film. Alles oder Nichts. Aber dann erwiderte er nur ihr Lächeln und verließ den Clubraum.

Gut gemacht, Roy, dachte er. Du bist stark und lustig. Sie liebt dich.

KAPITEL 17

Die Flickenteppiche auf dem kalten Zementboden im Keller warfen Falten, als Leif das kleine Studio betrat, das sein Vater gebaut hatte. Gitarren und Bassgitarren, Verstärker und Schlagzeug standen akkurat in einem Halbkreis angeordnet. Ein altes Mischpult mit Hunderten von roten und weißen Knöpfen stand an der gegenüberliegenden Wand, daneben ein kleiner Fernseher. Auf dem Boden wanden sich schwarze Kabel unter dem Hocker, auf dem er Gitarre spielte, und direkt davor erhob sich ein Mikrofonständer auf drei dünnen Füßen.

»Nova Piknik« waren zu dieser Jahreszeit weniger aktiv, sie spielten hauptsächlich auf Weihnachtsfeiern und auf Hochzeiten im Sommer.

Er setzte sich in den Stressless-Sessel, den sein Vater 1984 gekauft hatte, und strich über die Armlehne. Das braune Leder war trocken und an einigen Stellen abgeblättert, aber er mochte diesen Sessel und hatte nie daran gedacht, ihn auszuwechseln.

Wenn Leif dort saß, vergaß er oft alles um sich herum. Dann verlor er sich in einem Lied, suchte nach einer passenden Melodie für seine Worte, die er in alte Notizbücher geschrieben hatte, suchte nach den richtigen Tönen, um die Gefühle zu transportieren, die er mit den Texten vermitteln wollte. Oft ging er erst tief in der Nacht in die Küche hinauf, um sich ein Brot zu schmieren.

An diesem Morgen hatte er zum letzten Mal das Verteilerzentrum in Hesseng mit einem der kleinen Postautos verlassen. Er war erschöpft. Auf seiner Route hatte er im Lauf der Jahre viele Menschen kennengelernt. Redselige Rentner, die aus dem Haus kamen, sobald sie ihn sahen. Viele von ihnen hatten den Großteil ihres Lebens an ihren Arbeitsplätzen verbracht, deren soziales Umfeld für sie eine größere Bedeutung bekommen hatte, als sie es für möglich gehalten hatten. Nachdem sie Blumen und Abschiedsgeschenke bekommen und mit ihren Kollegen Sahnetorte gegessen hatten, wurde die Routine von fünfzig Jahren mit einem Schlag durch ein Radio auf dem Küchentisch erstattet und durch viel mehr Zeit, als ihnen guttat. Dazu kam das Gefühl, nichts mehr beizutragen. Die Ruhe und der Frieden, auf die sie sich gefreut hatten, blieben aus, stattdessen wurden sie unruhig und wussten nichts mit sich anzufangen. Wenn Leif zu ihnen kam, schalteten sie das Radio aus und kochten ihm frischen Kaffee. Er hörte gern zu, wenn sie von früher erzählten, als sie jung waren und das Leben so viel mühsamer als heute war.

Verzweifelte, arbeitslose und alleinerziehende Mütter kamen zum Briefkasten, um ein bisschen zu reden, mit schreienden Kindern im Arm, für die sie sich keinen Kindergarten leisten konnten. Alles nur, weil sie mit sechzehn im Rausch mit einem Jungen ins Bett gegangen waren, der mehr Interesse am Vergaser seines Schneemobils als an dem Kind im Bauch seiner Freundin hatte.

Leif mochte diese Menschen. Aber am besten hatte ihm immer der letzte Teil seines Arbeitstages gefallen. Wenn er die Post ausgefahren hatte, hatte er sich an einen der großen Tische mit schwarzer Gummioberfläche gesetzt und sich um die Umadressierungen und Retourbriefe gekümmert, um sich am nächsten Morgen die Arbeit zu sparen. Er hatte A-Post-Aufkleber auf Briefe geklebt, die ins Ausland gingen.

Die meisten Kunden vergaßen dies oder wussten nicht, dass ihre Briefe im Ausland nur dann als Luftpost behandelt wurden. An dem schwarzen Tisch hatte er die Welt um sich herum vergessen. Er war mit den Briefen in den Händen in ihre Bestimmungsländer gereist und hatte im Kopf Melodien komponiert, die er später im Keller aufschrieb.

Heute ließ er die Instrumente stehen. Er hatte Sex mit einer 47-Jährigen gehabt, bei einem älteren Ehepaar trockene Kekse gegessen, 1200 Reklamebroschüren für Gartenmöbel ausgeliefert und sich von seinen Kollegen verabschiedet. Else Heggdal war eine vollbusige Frau, mit der er ungefähr alle drei Wochen Sex hatte. Trotz ihres Alters war sie fit und wohlgeformt. Ihr Mann arbeitete als zweiter Steuermann auf einem Containerschiff und war oft fünf Monate am Stück auf See. Leif hatte ihn noch nie zu Gesicht bekommen.

Beim ersten Mal hatte sie ihn zu einer Tasse Kaffee eingeladen, zum Aufwärmen. Sie war kurz aus der Küche gegangen und splitternackt zurückgekommen. »Nimm mich von hinten«, hatte sie gesagt, und das hatte er getan. Und so geschah es, dass die Post auf Leifs restlicher Route ungefähr alle drei Wochen zu spät kam.

Seit der Trennung von Nina hatte Leif dauerhafte Beziehungen vermieden und sich auf mehr oder weniger zufälligen Sex konzentriert.

Nina und er hatten sich nach drei leidenschaftlichen Monaten im Frühling auf der Kiel-Fähre verlobt. An den Wochenenden fuhren sie zum Einkaufen über den Svinesund, und im Wasserbett ihrer Zweizimmerwohnung in der Toftes Gate schlugen die Wellen hoch, während der Stadtlärm durchs offene Fenster drang: die vorbeiratternde Straßenbahn, Menschen, die in anderen Mietshäusern schrien und stritten, läufige Katzen, die auf den Mauern der Hinterhöfe saßen und maunzten. Wenn die Sommersonne die Mauern erhitzte und die Luft stillstand, waren die Mietshäuser wie Backöfen.

Der Job in der Bauschlosserei seiner Schwester verschaffte ihm finanzielle Sicherheit und die innere Ruhe, um sich auf die Beziehung mit Nina zu konzentrieren. Sie waren glücklich zusammen.

Bis das Büro und die Lager der Firma abbrannten und sie beschlossen, die Gelegenheit und die Versicherungssumme für eine Pause vom Metallbau zu nutzen. Das Geld war innerhalb von zehn Monaten aufgebraucht, nach einem achtwöchigen Urlaub in Acapulco, einer Stereoanlage, die sich ein- und ausschaltete, wenn man in die Hände klatschte, und einem Nissan Micra, den er Nina schenkte. Und als das Geld alle war, fuhr Nina in ihrem Nissan davon und kam nie wieder.

Und jetzt sollte auch noch Schluss damit sein, Else Heggdal in Postuniform von hinten zu nehmen. Ohne Uniform wäre es nicht mehr dasselbe, und das fand Else offenbar auch. Nachdem er eröffnet hatte, dass dies sein letzter Tag sei, sagte sie beim Abschied nicht wie sonst immer fröhlich auf Wiedersehen.

An diesem Freitagabend wollte er sich zu Hause entspannen, *Superstar* gucken, drei oder vier Mikrowellenpizzas aufbacken und dazu Bier trinken. Am nächsten Morgen um neun wollte er sich mit Roy treffen und in Samenland eine Pforte bauen. Alle großen Vergnügungsparks hatten solche Tore, durch die man eintreten muss. Wie der Eingang in eine andere Dimension.

Er freute sich auf die Eröffnung von Samenland. Leifs Großvater hatte das Grundstück vor langer Zeit gekauft. Er wollte das Moor trockenlegen, den Wald für Weideland roden und an dem flachen Hang einen Hof bauen. Aber dann brach der Krieg aus, und er wurde zum Dienst bei der Feuerwehr in Kirkenes einberufen. Er kam bei einem russischen Bombenangriff auf deutsche Stellungen ums Leben, ohne dass er Leifs Großmutter von dem Kauf erzählt hatte. Es sollte nämlich eine Überraschung zum nächsten Hochzeitstag werden. Sie waren beide auf kleinen Schafbauernhöfen am Varangerfjord aufgewachsen und hatten oft davon geredet, einen eigenen Hof zu bauen. Leifs Großmutter starb fünfzehn Jahre später, und als Leifs Vater den Dachboden aufräumte, fand er die Besitzurkunde. Er konnte mit dem Grundstück nichts anfangen, außer ab und zu Multebeeren zu pflücken, und ließ es brachliegen. Nachdem er an einem Herzinfarkt gestorben war und Leif und seine Schwester Eva das Erbe aufgeteilt hatten, war Leif Besitzer eines Grundstückes in Pasvik und des Hauses in Hesseng.

Am meisten aber freute er sich darauf, nach der Saison Samenland zu schließen, die Lavvos einzupacken und die Rentiere zurückzubringen, die Konten prall gefüllt mit Touristengeld. Dann könnte er neun Monate in seinem Keller verbringen.

Leif nahm die Fernbedienung und schaltete den Fernseher ein. Er zappte von Kanal zu Kanal und fand schließlich MacGyver mit einem alten Regenschirm in der Hand in irgendeinem Dschungel. Er wurde neugierig, auf welche geniale Weise MacGyver den Regenschirm anwenden würde. Erst als ihm auffiel, dass er die Folge schon einmal gesehen hatte, schaltete er auf *Animal Planet* um und sah zwei Giraffen bei einer misslungenen Paarung zu. Es endete damit, dass eine der beiden sich an einem Baumstamm selbst befriedigte.

Was ihn an Roy erinnerte. Morgen wollten sie nach getaner Arbeit in Samenland zusammen ausgehen.

POLITI

Dokumentnummer: P-05-1/2
Ausstellungsdatum: 04.05.07

Beweisbericht: Bewaffneter Überfall auf Geldtransport	**Tatort:** Riksvei E75, Vardø–Vadsø

Beilage zum Hauptbericht, Sachnummer P-05-01.
Beilage zum Beilagsbericht, Sachnummer P-05-01/1.

- Lab-Ber. Kaninchenauge: Wurde einer Temperatur zwischen 300 und 500 °C ausgesetzt, Rußbildung (gleichmäßig, 0,01 mm), keine strukturellen Konsequenzen.
- Lab-Ber. Müllsack: Keine Fingerabdrücke außer von Zeuge 1. Rosa Faser (s.Beilage)
- Lab-Ber. Klebeband: Keine Fingerabdrücke. Rosa Faser (s.Beilage)
- Lab-Ber. Reifenspur: Bridgestone 195/65 TR15 B390 EU RFD, moderate Abnutzung Innenseite rechtes Hinterrad (Unwucht). Flüssigkeit in Abdruckfeld: Rentierurin.
- Lab-Ber. Rosa Faser: Polymide Komposita, Farbstoffe (Perylenpigmente).

Bemerkung: Reifentyp wird mit dem Bericht der Fahrzeugkontrollen in Varangerbotn und Neiden verglichen.

Ost-Finnmark Polizeidirektion
Rådhussvingen 1
9900 Kirkenes
Tel.: 78 97 20 20

KAPITEL 18

»EIN GESCHMACK VON MITTELMEER!«

Roy hielt eine Suppentüte in der Hand und hoffte, dass jemand vorbeikommen würde, den er kannte, damit er den Witz ausprobieren konnte, den er sich gerade ausgedacht hatte.

Es war halb neun, und in wenigen Stunden würde der Megamarkt im ersten Stock des Einkaufscenters von Kirkenes von hungrigen Menschen überrannt werden. Sie würden auf die Frischetheke zustürzen, um eine warme Mahlzeit zu ergattern, ohne zu viel von der Mittagspause zu opfern. Jetzt waren nur ein paar Rentner unterwegs, und die Angestellten stapelten Waren in die Regale.

Plötzlich sah er Torhild. Sie stand vor einem Regal und studierte ein Glas Pesto. Roy hasste Pesto. Er hatte es nie probiert, aber die Farbe war hässlich und er war sich sicher, dass es eklig schmeckte.

Torhild trug einen Pferdeschwanz, der aus einer weißen Schirmmütze hing. Sie sah aus wie ein Star, der nicht wiedererkannt werden wollte.

Roy war überhaupt nicht nervös. Mit Schirmmütze, grau melierter Jogginghose und dunkelblauem Kapuzensweater sah sie so süß aus, dass es wehtat, aber er war nicht nervös. Das Massaker beim Roten Kreuz hatte geholfen; die Nervenbahnen, die sonst sofort seinen Nacken verkrampften und Sauerstoffmangel verursachten, waren wie umgeleitet. Er hatte sie zum Lachen gebracht, als niemand anders lachte, und vor ihren Augen zwei Männer mit bloßen Händen besiegt, und das hatte seine Angst kuriert. Ob sie für immer begraben war, konnte er nicht sagen.

Er ging auf sie zu, sie stand vor einem Regal voller Dosen mit italienischen Flaggen, Großpackungen Tagliatelle, Farfalle, Gnocchi und Reihen verschiedenster Pastasoßen. Sie hatte das Pesto wieder zurückgestellt und streckte gerade die Hand nach einem Glas Bolognese aus, als sie ihn bemerkte. Er stand dicht neben ihr und hielt eine Suppentüte in die Höhe.

Sie erkannte ihn sofort wieder und lächelte ihn an, als sei er ein alter Bekannter. Langsam jedoch verschwand ihr Lächeln. Warum hielt er ihr diese Suppentüte unter die Nase?

Torhild war nach der Trennung von Thomas, mit dem sie seit der achten Klasse zusammen gewesen war, nach Kirkenes gezogen.

Er war drei Häuser von ihr entfernt aufgewachsen; sie hatten einander gekannt, seitdem sie in Windeln auf dem Rasen zwischen den Einfamilienhäusern herumgekrabbelt waren. Alle hatten geglaubt, dass sie ihr Leben lang zusammenbleiben würden. Sportlich, vernünftig und gut in der Schule waren sie. Thomas spielte Handball in der Kreismannschaft, war Mitglied im Jugendverband der Heimwehr und Gruppenleiter beim CVJM in Leifstad. Sie war Kapitän der Bandy-Mannschaft der Schule und Bezirksrepräsentantin des Norwegischen Schülerverbandes. Nachdem Thomas seinen Wehrdienst absolviert hatte, zogen sie zusammen. Neun Jahre später verließ ihn Torhild, weil sie ihn beim Onanieren erwischt hatte. Mit einer Fleischwurst im Hintern hatte er vor dem Computer gekniet und sich Bilder von glänzenden nackten Männern angesehen.

»Diese Suppe schmeckt bestimmt scheußlich.«

Er versuchte es weiter mit Humor, weil es das letzte Mal so gut geklappt hatte. Zwar war er nicht sicher, ob er den richtigen Ton getroffen hatte, aber das spielte keine Rolle. Keine Muskelkrämpfe, ruhige, gleichmäßige Atemzüge; Roy war Herrscher über seinen Körper, ein unbeschreibliches Gefühl. Als sei er gerade aus dem Gefängnis entlassen worden. Jetzt konnte er alles sagen, was er sich schon lange für sie ausgedacht hatte, für jede nur denkbare Situation.

Diese Freiheit wollte er nun mit einer Suppentüte ausprobieren.

Sie sah ihn an und stieß ein kurzes, neugieriges Lachen aus. »Warum glaubst du das?«

Jetzt konnte er loslegen. »Ich glaube nicht, dass das Mittelmeer so gut schmeckt.«

Sie lachte nicht. »Was?«

Er zeigte auf die Suppentüte. EIN GESCHMACK VON MITTELMEER! »Ich glaube nicht, dass das Mittelmeer besonders gut schmeckt. Es ist ziemlich verschmutzt, weißt du. Wer weiß, ob die Kläranlagen da unten was taugen?« Er räusperte sich und wartete auf ihre Reaktion.

»Ach so. Natürlich.« Sie lachte laut, hielt aber die Hand vor den Mund. Vielleicht wollte sie ihre Zähne verdecken oder Roy vor Spucke schützen. »Schmeckt bestimmt ganz grausam!«

Roy nickte und zog eine Grimasse, als hätte er etwas Widerliches probiert. Läuft wie geschmiert, dachte er.

Torhild stellte die Bolognese ins Regal zurück. »Übrigens befürchte ich, dass du die roten Hosen für immer vergessen kannst.«

»Ja, ja. Ulf mit den roten Hosen. Ist ein bisschen aus dem Ruder gelaufen.«

»Ja. Aber du hast mich echt gerettet an dem Abend. Ich hab Ulf nämlich am Wochenende davor im Ritz kennengelernt und fand ihn ganz in Ordnung. Hatte mich nett mit ihm unterhalten. Er wollte mich überreden, Mitglied im Roten Kreuz Sør-Varanger zu werden. ›Ist sehr gesellig‹, meinte er. Eigentlich wollten wir nach der Versammlung zusammen essen gehen. Er würde mir Mund-zu-Mund-Beatmung persönlich beibringen, hat er draußen auf dem Parkplatz gesagt.« Torhild streckte die Zunge heraus und bewegte sie hin und her. »Aber nach dem Puppentheater ist er stinksauer heimgefahren. Ich glaube, er hat gesehen, dass ich gelacht habe.«

Roy stand einen Augenblick wie gelähmt da und starrte sie an, aber dann riss er sich zusammen. »Herrgott, was für ein Typ.« Gerettet, dachte er. Ich habe sie gerettet.

Sie streckte die Hand aus. »Ich heiße übrigens Torhild.«

Ihre Hand war so klein, dass ihr Daumen in Roys Pranke verschwand. Was ein normaler Händedruck werden sollte, wurde so zu einer tollpatschigen, aber dennoch intimen Geste. Ihre Haut war weich und warm, und angenehme Schauer durchfuhren ihn. Wie wenn der Friseur die Nackenhaare mit dem Rasierer stutzte. »Und ich heiße ...«

»Roy. Du heißt Roy.«

»Ja, Roy.«

Er hielt ihre Hand, bis der Refrain eines alten Queen-Hits aus ihrem Rucksack dudelte. Sie nahm den Rucksack ab und zog ihr Handy heraus. »Hier Torhild.«

Roy konnte es kaum glauben. Sie ist so nah. Ich habe sie berührt, dachte er.

»Ich komme sofort. Ich bin gerade im Einkaufszentrum.« Sie steckte das Handy wieder in den Rucksack und sah ihn an. »Ich muss gehen, Roy. Das war meine Kollegin. Ich arbeite im dritten Stock als Physiotherapeutin. Ihr ist schlecht, ich muss ihre Termine übernehmen. Bestimmt ist sie wieder schwanger. Der Patient wartet schon seit einer Viertelstunde.«

»Ist in Ordnung. Übrigens, ich gehe heute Abend aus …«

Sie lief zur Kasse. Ihre Haare schmiegten sich an ihren Hals, als sie Roy über die Schulter zurief: »Ich auch. Vielleicht sehen wir uns.«

KAPITEL 19

»Es gibt keine Eichhörnchen in der Finnmark.«

Leif öffnete eine Dose Lapin Kulta, und das blanke Blech des Deckels wurde mit kleinen, hellbraunen Bierperlen bespritzt. Sie kauften es immer drüben in Finnisch-Neiden, das nur eine Dreiviertelstunde von Kirkenes entfernt lag. Dort gab es drei Geschäfte direkt nebeneinander. Im ersten verkaufte eine christliche Organisation Second-Hand-Kleider und Spielzeug zugunsten der Armen in Russland, während die andern beiden darin konkurrierten, Norweger mit billigem Schinken und billigen Zigaretten über die Grenze zu locken. Am Wochenende standen die norwegischen Autos in Reih und Glied auf dem Parkplatz davor, und drinnen saßen die Leute und versuchten, gegrillte Schweinerippe zu essen, ohne dass ihnen Fett auf die Hose tropfte. Nur Anfänger vergaßen die Erfrischungstücher.

Leif setzte sich auf einen der dicken Baumstämme an der Feuerstelle vor dem Rentiergehege, das vor ein paar Tagen fertig geworden war, und warf Roy eine Dose zu.

Meistens frühstückten sie bei Roy, bevor sie nach Samenland fuhren und den ganzen Tag arbeiteten. Es ging schnell voran, trotz einiger Meinungsverschiedenheiten, zum Beispiel ob sich die Zaunlatten des Geheges nach rechts oder links neigen sollten. »Wen kümmert denn das?«, hatte Leif gesagt, aber Roy hatte darauf bestanden, dass es authentisch werden sollte. »Wer weiß, am Ende hat die Neigungsrichtung eine spirituelle Bedeutung. So was ist wichtig, damit die Leute uns ernst nehmen.« Am Ende hatten sie sich auf rechts geeinigt, weil links zu feminin für ein robustes Naturvolk wirkte. Da sie noch nie ein Rentiergehege gebaut hatten, wollten sie es erst testen, indem sie mit der Schulter dagegen rannten. Aber jeder verdächtigte den andern, er würde nicht fest genug stoßen, und schließlich ließen sie es sein. Es hätte bloß wehgetan und wäre sowieso nicht realistisch gewesen.

Die Lavvos waren aufgebaut und eingerichtet, und sie hatten alle Zweige weggeräumt, die nach der Rodung herumgelegen hatten. Die niedrigen Birken, die zwischen den Kiefern wuchsen, hatten grüne Blätter bekommen. Von weiter oben sahen sie, dass die Wälder, die sich weithin über die Hügel erstreckten, keine einheitlich graue Masse mehr waren, sondern in unzähligen Varianten von Grün schimmerten. Es war unvergleichlich. Roy liebte diese Jahreszeit, wenn der Schnee schon eine Weile geschmolzen war und die Temperatur innerhalb weniger Tage stieg. Die kurze Zeit reichte aus, um einen imponierenden Prozess in Gang zu setzen, eine Explosion der Farben in der Natur. Roy war jedes Jahr aufs Neue überrascht. Das schnelle Wachstum erfüllte ihn mit Energie und unerklärlichem Optimismus. Es geschah so unglaublich schnell, als begreife die Natur, dass sie die Chance nutzen musste, ehe die Schneeflocken wieder vom Himmel fielen wie Schuppen eines gigantischen Schneemannes, der den schwarzen Filzhut zieht und alle im Winter willkommen heißt.

»Ich habe schon mindestens sieben Mal Eichhörnchen in Pasvik gesehen. Von Nahem!«

»Pasvik ist voller Bisamratten, Roy. Riesige, fette Rattenviecher. Sehen aus wie ein Minibiber. Du hast bestimmt Bisamratten gesehen. Aber Eichhörnchen gibt es keine hier.«

Roy schüttelte den Kopf und öffnete sein Bier. Neben den

Baumstämmen, aus denen sie die Pforte bauen wollten, lagen eine Axt mit langem Schaft und eine Motorsäge. Wie ein Fußballtor wollten sie sie aufrichten, und in der Mitte sollte ein Rentiergeweih hängen. Roy zeigte auf die drei dicken Birkenstämme mit ihrer feinen weißen Rinde.

»Was hältst du davon, dass wir irgendeinen Mechanismus einbauen, der automatisch einen Joik von einer Stereoanlage abspielt, wenn einer durchs Tor geht?«

»Einer Stereoanlage?«

»Wenn wir eine hätten. Vielleicht sollten wir Sensoren einbauen, die registrieren, wenn einer durchgeht. Das wäre was!«

»Roy, glaubst du, dass die Samen so etwas in ihren Lagern haben? Sensoren und Stereoanlagen?«

»Ich glaube, Samen haben auch keine Pforten, aber ...«

»Samen joiken selbst. Und das hier soll ein authentisches Samen-Erlebnis werden, oder etwa nicht? Da können wir nicht einfach mit Sensoren und Stereoanlagen ankommen.«

»Du wirst also joiken?«

»Spricht auch nichts dagegen, dass du joikst, Roy.«

»Nie im Leben. *Du* bist der Musiker. Dreimal darfst du raten, wer hier joikt.«

»Unterschätz dich nicht. Komm, joik mir was vor!«

»Was?«

»Komm schon. Hier ist niemand außer uns. Joike, bis das Herz blutet, Roy!«

Roy räusperte sich und hob an. »La, le la, le la le, la, le la, laaa ...«

»Halt. Haaalt!« Leif schüttelte den Kopf. »Was war das denn?«

»Was ist los?«

»La, le, la? Das ist kein Joik.«

»Als wüsstest du Bescheid, wie ...«

Leif unterbrach ihn. »Du lallst ja nur. Das war Gelalle, kein Joik. Joik ist lo und le. Lo, le, lo und so weiter.«

»Ist doch scheißegal. Lass uns lieber einen CD-Spieler kaufen. Die Touristen werden wahnsinnig, wenn die ganze Zeit einer von uns joikt.«

Es war fast drei Uhr nachmittags. Sie wollten die Stämme mit einem dicken Tau zusammenzurren, zwei Löcher graben und die Pforte errichten. Das war ihr Plan, aber nach vier Dosen Bier beschlossen sie, den Tag mit weiterer Planung zu verbringen.

»Wir könnten ein Minitor am Hurtigrutenkai bauen. ›Willkommen in Samenland‹. Dort kannst du joiken. In Samentracht.«

Leif trank einen Schluck und schüttelte den Kopf.

»Den Teufel werd ich tun. Aber wie sollen wir die Touristen hierher befördern?«

»Ich rede mit Svein Lupke. Er hat einen alten Minibus, den leiht er uns bestimmt. Wenn er ihn angemeldet hat. Svein ist ein guter Kerl.«

»Ist der nicht Lotse?«

»Er *war* Lotse. Jetzt verdient er sich mit Königskrabben dumm und dämlich. Er hat ein Boot von seinem Onkel geerbt, mit Fangquote und allem Drum und Dran. Eine Goldgrube.«

Sie nahmen ihre Bierdosen und zwei Plastiktüten und gingen in eins der Lavvos. Leif hatte schöne Bänke aus halbierten Baumstämmen gezimmert. Roy setzte sich, sprang aber sofort wieder auf.

»Aua, Verdammte Scheiße!«

Leif nahm einen Schluck.

»Was ist los?«

»Ein Splitter. Ein dicker, verdammter Splitter. Das gibt eine Entzündung. Mistdinger. Wir müssen Rentierfelle für die Bänke besorgen.«

»Wir müssen noch Vieles besorgen, Roy.«

»Was ist mit Getränken? Was trinken die Samen? Wenn sie im Lavvo feiern, meine ich. Wenn die Rentierkuh ein Prämienkalb gebiert, zum Beispiel.«

»Kalbt.«

»Was, kriegen Kälber Junge?«

»Nein, die Kuh kalbt, sie gebiert nicht.«

»Ist doch egal. Aber was trinken Samen, wenn sie feiern?«

»Soviel ich weiß, trinken sie Liebfrauenmilch aus dem Pappkarton, werfen Knallbonbons und tragen Papierhüte.«

»Ich gehe zu den russischen Schiffen und organisiere ein paar Flaschen Wodka, dann können wir damit herumexperimentieren. Vielleicht können wir ein paar Wacholder- oder Multebeeren reinwerfen.«

»Oder rote Konditorfarbe. Dann sagen wir, dass es vergorenes Rentierblut ist oder so. So was lieben die Touristen.«

»Ist jedenfalls nicht teuer.«

»Außerdem dämpft es eventuellen Missmut über Kleinigkeiten. Wir müssen sie so schnell wie möglich abfüllen. Das ist entscheidend für den Erfolg.«

Die Flammen warfen flackernde Schatten an die Zeltwand.

»Und wenn es schiefgeht?«

Leif schüttelte den Kopf.

»So dürfen wir nicht denken, Roy.«

»Wenn unsere Abfindung aufgebraucht ist, sind wir von Samenland abhängig. Wir brauchen reichlich Besucher in den ersten Wochen. Wenn das nicht klappt, können wir nur um unsere alten Jobs betteln. Und hier in Kirkenes gibt es nicht gerade viele Jobs. Wir riskieren, dass wir in irgendeiner furchtbaren Arbeitsbeschaffungsmaßnahme landen. Als Hilfsjungen in der Bäckerei, zum Beispiel.«

»Hast du was gegen Bäcker?«

»Nein. Aber ich hasse Teig an den Händen. Ich finde es furchtbar, wenn die Finger zusammenkleben. Wie in den Träumen, in denen alles voller Sirup ist. Du versuchst zu gehen, aber die Beine machen nicht mit.«

»Herrgott, Roy.«

»Aber du verstehst, warum ich mir Sorgen mache, oder?«

»Das wird schon, Roy. Ich habe viel mehr Angst, den Rest meines Lebens als missglückter Möchtegern-Same zu gelten. Kirkenes ist zu klein für so einen Reinfall.«

Sie beschlossen, dass die Besucher gleich hinter der Eingangspforte Samentrachten anziehen sollten, aber diese Trachten mussten sie irgendwie besorgen. Leif hatte einmal bei einer Revuegruppe mitgemacht, die sich Varanger-Stavanger nannte, weil zwei ihrer Mitglieder aus Stavanger kamen. Nach einem kreativen Disput über einen Fisch-Sketch, der in einem unnötigen Handgemenge ausgeartet war, hatten die anderen Teilnehmer ihn gebeten, nicht mehr zu den Proben zu erscheinen. Die Gruppe übte nach wie vor in den Räumen des Kulturzentrums Malmklang, das über einen umfassenden Requisitenfundus mit mindestens dreißig Samentrachten verfügte. Leif kannte noch ein paar Theaterleute und wollte versuchen, diese Kostüme auszuleihen.

Roy stellte die Bierdose neben sich auf die Bank.

Die Touristen sollten traditionelles samisches Essen bekommen, und obwohl Rentiergulasch nicht so teuer war, brauchten sie große Mengen, was vielleicht ihr Budget sprengen würde.

»Was soll es kosten?«

»Was?«

»Was soll es kosten, einen Tag als Same zu leben?«

»Frag den norwegischen Staat. Ich glaube, es kostet verdammt viel.«

Roy lachte laut und schüttelte den Kopf. Er stand auf und warf ein paar Scheite ins Feuer.

»Mit Rentiereintopf und Frühstück – vielleicht etwas Stockbrot oder so – und Getränken zum Abendessen. Und Übernachtung. Wie wär's mit 600 Kronen?«

Leif drückte seine Zigarette auf der leeren Bierdose aus und warf den Stummel hinein.

»Der Typ mit dem großen Boot, der Touristen zur russischen Grenze fährt und ihnen ein bisschen Weißwein und Essen serviert, nimmt noch mehr. Und seine Tour dauert nur ein paar Stunden. Unser Angebot ist viel origineller, mit Übernachtung und Aktivitäten, nicht nur Essen.«

»Goldwäsche, Rentiere streicheln und Lassowerfen inklusive. Und Joik. Kannst du Lasso werfen, Leif?«

»Nein.«

»Ich auch nicht.«

»Was kostet ein Rentier?«

»Weiß nicht. Wie teuer kann es sein?«

»Wir können ein Exklusivpaket anbieten, bei dem die Touristen selbst ein Rentier schlachten. Dafür können wir mindestens 7000 Kronen nehmen.«

Roy setzte sich wieder hin und griff unter die Bank, wo die Bierdose auf dem unebenen Boden stand.

»Du kannst ja nicht mal eine Forelle ausnehmen, ohne dass du in Ohnmacht fällst. Wie willst du da Japanern und Deutschen zeigen, wie man einem Rentier den Bauch aufschneidet und die Eingeweide herausnimmt?«

»Für 7000 Kronen zerstückele ich einen lebendigen Elefanten mit dem Käsehobel.«

»Du würdest die Touristen vollkotzen, und auf so eine Ferienerinnerung können sie verzichten. Ich glaube nicht, dass die Samen einander vollkotzen. Aber ich glaube, dass wir locker 950 Kronen verlangen können. Das ist ein anständiger

Preis. Mit zehn Gästen würden wir 9500 Kronen an einem Tag verdienen. Das sind über 60000 pro Woche. Verdammt viel Geld.«

Leif grinste breit, stand auf und ging hinaus, aber kurz danach kam er panisch wieder hereingestürzt. Er ruderte mit den Armen und warf seine Bierdose um.

»Ein Bär!«

»Bär?«

»Ein Bär hat mich beim Pissen angegriffen!«

»Ganz ruhig, Leif. Ich geh raus und schau nach.«

Roy machte eine Runde um das Lavvo und kam wieder herein.

»Da ist nichts, Leif. Vielleicht war es ein Eichhörnchen, na? Vielleicht hast du auf ein Eichhörnchen gepisst?«

»Nichts?«

»Ich habe nichts gesehen und nichts gehört. Setz dich und trink dein Bier. Dann rufen wir Geir Hilmar an und fragen, ob er uns abholen kann. Vielleicht triffst du in der Stadt eine hübsche Rentnerin, der du einen Bären aufbinden kannst. Und ich treffe vielleicht Torhild.«

»Ich hab's mit eigenen Augen gesehen, Roy. Da draußen hat sich etwas bewegt. Etwas Großes.«

KAPITEL 20

Es tropfte auf die Bettdecke, als Roy sich bückte und die Hose anzog. Er hatte so lange unter der Dusche gestanden, dass er kaum noch Zeit hatte. Geir Hilmar hatte sie aus Samenland abgeholt und nach Hause gefahren. In zehn Minuten würde er wiederkommen. Sie wollten Leif abholen und ins Ritz fahren. Er zuckte zusammen, als ein Vogel gegen das Fenster flog. Im hohen Gras konnte er nicht sehen, ob der Vogel bewusstlos zu Boden gefallen war. Große Placken weißer Farbe blätterten ab, als er sich auf die Fensterbank stützte, und landeten auf dem Boden. Dort lag bereits ein kleiner Haufen von Farbsplittern, die sich angehäuft hatten, seit er das letzte Mal Staub gesaugt hatte.

Das Haus fiel auseinander, Stück für Stück. Placke für Placke.

Alle Zimmer im Erdgeschoss und ersten Stock mussten dringend renoviert werden. Die drei Schlafzimmer oben, das Wohnzimmer und der Flur im Erdgeschoss brauchten einen neuen Anstrich, vielleicht musste er sogar die Paneele im Wohnzimmer austauschen, denn es sah aus, als hätte jemand etwas Schweres gegen die Wand geworfen. Die Küche war abgenutzt und brauchte eine Totalsanierung. Dasselbe galt für das Bad, wo er gerade in einer weißen, altmodischen Badewanne auf verrosteten Löwenfüßen geduscht hatte, die das halbe Zimmer einnahm. Als Duschvorhang hatte er ein lila Laken an die Decke gehängt.

Aber das konnte er sich nicht leisten. Die Zimmer, die nur einen neuen Anstrich und ein paar neue Wandbretter brauchten, hätte Roy schon lange in Angriff nehmen können, aber aus Mangel an Tatkraft war nie etwas daraus geworden. Abgesehen von der neuen Fußmatte, die er in Schweden bestellt hatte und auf der »Roy's Palace« stand, sah das Haus genau so aus wie damals, als er eingezogen war. Nichts hatte sich verändert.

Aber nun geschah etwas. Er hatte seine Zukunft selbst in die Hand genommen, hatte ein Projekt. Er hatte sich aus dem alten Trott losgerissen.

Samenland war der Anfang von Teil zwei seines Lebens. Der Teil, auf den er schon so lange gewartet hatte, der aber nie Wirklichkeit geworden war. Der Teil, der von wirtschaftlicher Unabhängigkeit gekennzeichnet sein würde. Bald würde er spontan übers Wochenende nach Berlin fliegen oder eine Hütte in Alaska mieten und dort ein paar Monate wohnen können.

Nun war auch die Zeit gekommen, etwas aus dem Haus zu machen, das spürte er. Es gehörte dazu. Zum Anfang von Teil zwei.

Er schob die Farbsplitter mit dem Fuß an die Wand und ging wieder ins Bad. Dort klatschte er sich Rasierwasser von Rema an den Hals, es brannte in den Rissen an seinen Händen, die er sich beim Sägen und Hämmern zugezogen hatte. Er hatte gerade das T-Shirt über den Kopf gestülpt, das er immer zum Ausgehen trug, weil es die breiten Schultern anstatt der Rettungsringe betonte, als Geir Hilmar draußen hupte.

Nachmittags ging die leise Hintergrundmusik in den Gesprächen an den Tischen unter, die mit Kaffeetassen, Pizzabrettern und roten Servietten mit der Aufschrift RITZ übersät waren. Abends erschwerte die dröhnende Musik der

Diskothek jedes Gespräch. Die Kaffeetassen waren durch Halbbitergläser mit weißen Schaumkronen ersetzt. Männer mit glänzenden Frisuren sahen Frauen hinterher, die in engen Kleidern frisch geschminkt aus der Toilette kamen und sich zwischen den überfüllten Tischen durchschlängelten. Roy und Leif saßen seit drei Stunden an einem eckigen Tisch mit Blick auf die Fußgängerzone und tranken. Der Eingang des Ritz, mit seiner steilen Treppe, lag um die Ecke. In Filmen führten solche Treppen immer in eine anrüchige Billardhalle, wo Kleinkriminelle in dichtem Zigarettenrauch an Tischen saßen. Solche Hallen lagen immer im ersten Stock. Wenn man jedoch freitagabends die Treppe zum Ritz hinaufkam, schlug einem anstatt Zigarettenrauch der Duft von Bier und Parfum entgegen.

»Kommt selten vor, dass Geir Hilmar zu einer Kneipentour Nein sagt«, meinte Leif und trank einen Schluck.

»Ja, vielleicht war er ja betrunken!«

»Er hat gesagt, dass er uns auch nicht abholen kann. Ist einfach so weggefahren. Was mit dem wohl los ist? Vielleicht ist er jetzt völlig durchgeknallt und hat den Keller voller gekidnappter Frauen. Wie diese Verrückten in Belgien.«

Roy lachte und schüttete Bier auf sein Hemd, als er das Glas ansetzte. »Ja, wie dieser Schnitzel, oder wie er heißt.«

»Fritzl. Josef Fritzl.« Leif wischte sich Schaum aus dem Mundwinkel und musterte eine Frau am Nachbartisch, die sich zwischen den Brüsten kratzte. »Morgen kommen die Rentiere.«

»Jepp, wir müssen jede Menge Rinde abschälen. Die fressen wie die Teufel.« Roy hatte an der Bar eine Frau entdeckt. Er war betrunken, und sie stand mit dem Rücken zu ihm, aber trotzdem war er sicher, dass es Torhild war.

»Wollen wir den Rentieren wirklich Rinde geben?« Leif stellte sein Glas ab. »Scheiße, ich lauf doch nicht jeden Tag stundenlang durch die Mückenhölle von Pasvik und reiße Rinde von den Bäumen.« Er schüttelte den Kopf. »Nein, wir kaufen ein paar Säcke Hundefutter im Rema, das können die Viecher auch essen.«

»Ja, Hundefutter für die Scheißrentiere.« Roy drehte sich zu Leif und warf beinahe sein Glas um. »Deshalb sind wir so ein gutes Team. Wir finden Lösungen. Leicht wie ... wie ...« Er versuchte mit den Fingern zu schnipsen, aber es gelang ihm nicht.

»Ja, wir sind zwei waschechte Genies.« Leif hob sein Glas. »Auf die Rentiergenies!«

Roy erhob auch das Glas und stand auf. Er versuchte, sich auf den Stuhl zu stellen, schwankte aber zu sehr und gab auf. »Prost! Auf die Rentiergenies! Auf uns!« Er zeigte auf Leif und sich selbst. »Prost, zum Teufel!«

»Pssst«, zischte Leif. »Setz dich hin, du Idiot! Du blamierst uns.«

Aber Roy kümmerte sich nicht um ihn. Auf dem Weg zur Bar stützte er sich auf die Stuhllehnen. »Rentiergenie coming through!« Er blieb an der Bar stehen und grinste breit, als die Frau sich umdrehte. Es war Torhild.

»Torhild? Ich bin ein Genie.«

»Hei, Roy. Ja, ich hab dich gehört ...«

»Ein Rentiergenie, verstehst du?« Er lallte. Torhild lachte. »Ein echtes Genie.«

»Dann sag etwas Kluges.« Roy hatte sich an der Theke zwischen Torhild und ihre Freundin gedrängt, die ihm auf die Schulter tippte. »Dann sag etwas Geniales, du Genie.«

Roy starrte ins Leere. Dann sah er Torhild an. »Bohrst du in der Nase, Torhild?«

Sie sah ihre Freundin fragend an. »Ob ich ...?«

»Keiner bohrt sich in der Nase. Keiner will es zugeben.« Er

wollte die Augen aufschlagen, aber seine Augenlider hingen schlaff über den Augäpfeln. Dann wollte er Leifs Lächel-und-Blinzel-Trick anwenden, aber das ging total schief. Es sah aus wie Spasmen. »In Wirklichkeit stecken alle den Finger in die Nase und popeln. Mehrmals am Tag. Mehrmals.« Er schwankte vor und zurück und konnte sich gerade noch an der Theke festhalten. »Es ist notwendig, um die Nase zu säubern, nicht wahr? Das größte und dümmste Tabu der Gesellschaft. Komm schon Torhild. Steck den Finger in die Nase. Es muss dir nicht peinlich sein. Wir tun es zusammen.« Sein Zeigefinger war schon unterwegs in die Nase, da schritt Leif ein.

»Komm jetzt, du Popelgenie, Zeit fürs Bettchen.« Leif half ihm vom Barhocker und versuchte, ihn aufrecht zu halten, während sie zur Treppe gingen. »Lass uns hoffen, dass sie genauso voll wie du ist und sich morgen an nichts mehr erinnert.«

KAPITEL 21

»Verfluchte Scheiße!«

Geir Hilmar lief mit einer großen Plastiktüte von Rema 1000 in der Hand am Ufer hin und her.

Es wäre zu riskant gewesen, am Tag des Überfalls nach den Koffern zu suchen. Er hatte zwölf Starkbier getrunken, um die Nerven zu beruhigen, aber sie hatten den gegenteiligen Effekt gehabt. Am Ende war er in der Waschküche auf dem Zementboden eingeschlafen, unter den Wäscheleinen. Dorthin hatte er sich verkrochen, nachdem er alle Türen und Fenster verriegelt hatte. Am nächsten Morgen stellte er das Radio an und hörte, dass die Polizei keine neue Spur gefunden hatte. Er war erleichtert, hielt sich aber im Haus versteckt, bis Leif anrief und fragte, ob er ihn und Roy in die Stadt fahren könnte. Weil er eine Mütze trug und die beiden ziemlich besoffen waren, merkten sie nicht, dass er glatt rasiert war.

Nachdem er sie aus Samenland abgeholt und später vorm Ritz abgesetzt hatte, setzte er seine Fahrt in Richtung Varangerfjord fort.

Um Aufmerksamkeit zu vermeiden, hatte er das Auto ungefähr einen Kilometer vor der Kurve geparkt, wo er die Koffer über die Leitplanke geworfen hatte. Er hatte einen Spaziergang gemacht und sich eine Zigarette angezündet, bevor er über die Leitplanke sprang. Aber nach zwei Schritten im Halbdunkel auf dem steilen, grasigen Abhang, war er gestolpert und die Böschung hinuntergestürzt. Er hatte die Zigarette fallen lassen, um den Sturz abzufangen. Nach fünf Minuten vergeblicher Suche nach den Koffern hörte er ein scharfes Knistern hinter sich. Kleine, zornige Flammen breiteten sich von dem hohen, trockenen Gras auf zwei große Wacholderbüsche aus. Geir Hilmar versuchte den Brand zu löschen, bevor ihn jemand entdecken würde und rannte mit seiner Plastiktüte zwischen dem Ufer und den brennenden Büschen hin und her.

Rita und Wilhelm Gertbrandt verbrachten ihren Urlaub seit fünf Jahren in der Finnmark. Sie hatten an einem Aussichtspunkt geparkt, saßen am Esstisch ihres Wohnmobils, fischten mit Plastikgabeln Hering aus einer Konservendose und legten ihn auf ihre Vollkornbrotscheiben. Da entdeckte Wilhelm durch das schmutzige Fenster eine Rauchsäule, die nur wenige Hundert Meter entfernt aufstieg. Sie nahmen ihre Kameras und wollten das Phänomen näher untersuchen. Auf einer Böschung unterhalb der Straße brannten das Gras und die Büsche. Ein Mann kniete am Ufer und füllte eine Plastiktüte mit Wasser.

Geir Hilmar hob die Plastiktüte und wollte wieder zum Brandherd rennen, als er die beiden entdeckte. Zwei ältere Menschen mit Kameras in den Händen standen an der Leitplanke und beobachteten ihn. Sie durften ihn auf keinen Fall fotografieren! Er warf die Tüte weg und zog den Pullover über den Kopf. Dann rannte er über die glitschigen Steine, die bei Ebbe freilagen, rutschte aus und stürzte. Es war nicht leicht, durch den Pullover hindurchzusehen. Er verhedderte sich im Tang, kam wieder auf die Beine und wechselte die Richtung. Die Böschung hinauf, über die Straße und ins Dickicht, bis er die Straße nicht mehr sah. Keiner verfolgte ihn. Er blieb vier Stunden auf einer umgestürzten Birke sitzen, bevor er sich zum Auto zurücktraute.

Auf dem Rückweg nach Kirkenes plante er bereits die nächste Koffersuche.

Er musste sie finden. Bevor es zu spät war.

KAPITEL 22

Every little thing that you say or do,
I'm hung up, I'm hung up on you,
Waiting for your call, baby, night and day,
I'm fed up, I'm tired of waiting on …

Nachdem er vergeblich versucht hatte, den Sender zu wechseln, schaltete Tryggve Tårnåsen das Autoradio aus und würgte Madonna mitten im Refrain ab. Er mochte keine moderne Musik.

Sein neunzehnjähriger Enkel Joakim hatte den silbergrauen Mazda vor fünf Wochen ausgeliehen und den Sender verstellt.

Gestern war sein Rasenmäher kaputtgegangen, als er erst ein Viertel der Rasenfläche gemäht hatte. Wer nicht gern mähte, aber trotzdem einen gepflegten Rasen vor seinem Haus wollte, konnte in der Finnmark leicht den Verstand verlieren. Unter der Mitternachtssonne wuchs das Gras wie verrückt. Es war fast so schlimm wie mit dem Schnee im Winter. Der Winter dauerte sieben Monate, und Schnee zu schippen, während es schneite, war der ultimative Test der eigenen psychischen Stärke. Nur die Allerstärksten ertrugen es. Manche stapften bis zur Hüfte durch den Schnee, um die Zeitung zu holen, andere investierten 16 000 Kronen in eine Schneefräse und grinsten den Fernseh-Meteorologen triumphierend an, wenn er auf seiner Karte auf Wolken mit Schneekristallen zeigte.

Tryggve Tårnåsen hatte den Rasenmäher auseinandergenommen, weil er ihn selbst reparieren wollte, aber er bekam die Teile nicht wieder zusammen. Sie lagen zerstreut im Kofferraum, und er wollte sie in Kirkenes zusammenschrauben lassen. Von seinem Wohnort in Vaggetem, ganz oben in Pasvik, dauerte die Fahrt ungefähr eine Stunde. Er näherte sich der Kreuzung bei Svanvik, gleich würde das neue Gewerbegebäude mit dem Coop im Erdgeschoss auf der rechten Seite auftauchen.

Dort wollte er kurz anhalten, einen Schokoriegel kaufen und sehen, ob er jemanden zum Schwatzen fand.

Als er vom Radio aufschaute und sich wieder auf die Straße konzentrierte, sprang plötzlich ein nackter Mann aus dem Gebüsch. Tryggve konnte gerade noch bremsen.

Audun Gåsland hatte sich bei Samenland im Gebüsch versteckt. Nachdem er Roy und Leif eine Weile beobachtet und belauscht hatte, war er sich sicher, dass diese Typen geeignet waren, um die Samen und ihre Kultur in Misskredit zu bringen. Er freute sich. Nun waren sie in einem der Lavvos verschwunden, und er musste näher herankriechen, um sie hören zu können. Aber nur kurze Zeit später war einer der beiden zum Pissen herausgekommen und hatte ihn entdeckt.

Von blinder Panik gepackt, war er in den Wald geflüchtet und zwanzig Minuten lang gerannt, bis er über eine Wurzel gestolpert und mit dem Kopf gegen einen Baumstamm geknallt war. Ohnmächtig war er zwischen Blaubeerbüschen liegen geblieben, die in drei Monaten voller saftiger Beeren sein würden.

Erst am nächsten Tag kam er wieder zu sich, von Ameisen übersät. Er hatte wenige Meter von einem großen Ameisenhügel entfernt gelegen. Erneut ergriff ihn die Panik, er riss sich die Kleider vom Leib und rannte weiter.

Das flache, bewaldete Gebiet erschwerte die Orientierung, und nachdem die Panik der Erschöpfung gewichen war, blieb er unter einer großen, alten Kiefer stehen und stellte fest, dass er nicht wusste, wo er sich befand.

Er hatte nur ein paar Stiele von einer dicken, unkrautähnlichen Pflanze gegessen, die bitter geschmeckt und ihm einen lila Ausschlag im Gesicht beschert hatten. Nach eineinhalb Tagen nackt im Wald war er vor Hunger ganz geschwächt. Als er plötzlich das Geräusch eines Automotors hörte, nahm er seine letzten Kräfte zusammen, rannte so schnell er konnte und sprang vor Tryggve Tårnåsens silbergrauem Mazda auf die Straße.

KAPITEL 23

Timo Rastavainen wischte sich den Schweiß von der braun gebrannten Stirn, nachdem er einen schweren Tisch aus dem alten Schuppen auf der Rückseite seines Kiosks geschleppt hatte. Er stellte ihn vor den Eingang neben einen hölzernen Kobold mit roter Mütze.

Vor vier Tagen war er mit seiner Frau Marja aus Lanzarote zurückgekommen, wo sie die letzten fünf Monate in ihrem weiß gekalkten Sommerhaus verbracht hatten, was sie seit dreizehn Jahren taten.

Timo freute sich auf die neue Touristensaison. Er mochte Touristen. Nicht nur, weil er genug Geld mit ihnen verdiente, und nur vier Monate im Jahr arbeiten musste, sondern auch, weil die meisten Touristen gut gelaunt waren, denn schließlich hatten sie Ferien. Bevor er 1972 2000 Kronen in 950 Plastikrentiere investierte und sich mit einem Tapeziertisch an die Straße stellte, hatte er als Parkplatzwächter in Helsinki gearbeitet und die hässlichsten Seiten gestresster Menschen erlebt. Den Souvenirladen für die Saison klarzumachen, war ihm ein geliebtes Ritual geworden. Wie immer machte er am frühen Morgen seine Runde, um nachzusehen, ob alles in Ordnung war.

Als er entdeckte, dass zwei Lavvos fehlten, reagierte er mit einem kurzen, aber heftigen Wutausbruch. Er ließ den Zorn an einer Baumwurzel aus, die wie ein Troll aussah, aber nicht trollig genug, um sie in seinem Laden zu verkaufen.

Eine Stunde lang war ihm die Freude auf eine neue Saison verdorben, bis er unter einem Baum in der Nähe des Kiosks eine kleine hellgraue Digitalkamera fand. Dies besserte seine Laune für kurze Zeit. Die Kamera sah intakt aus, und er brauchte eine neue, weil Marja nach einem feuchtfröhlichen Abend mit viel Bananenlikör in Puerto del Carmen in einen Springbrunnen gefallen war – mit ihrer Kamera in der Tasche.

Er schaltete die Kamera ein und betrachtete vier Bilder, auf denen Leif mit nacktem Oberkörper und einer Tina-Turner-Perücke auf dem Kopf Breezer trank. Dann klickte er sich weiter zu den letzten beiden Bildern. Eins davon zeigte Leifs Auto, auf dem Reste eines Aufklebers zu erkennen waren: »KIRKENES REIFENSERVICE«. Und auf dem anderen Bild umarmte Leif das ausgestopfte Rentier. Es war dunkel, das Bild musste nachts gemacht worden sein. Die Datumsangabe zeigte, dass es nur zwei Tage alt war. Es musste einer der Lavvo-Diebe sein.

Was einen neuen, noch heftigeren Wutausbruch in Timo Rastavainen auslöste. Es war nicht der eigentliche Diebstahl, der ihn so ärgerte, sondern Leifs blödes Grinsen, als er die Arme um Timos altes Rentier schlug. Diesmal trat er vor Wut eine große grüne Mülltonne um und ging auf den Baum los, unter dem die Kamera gelegen hatte, bis seine Frau aus dem Kiosk gerannt kam und ihn beruhigte. Dann gingen sie hinein und kochten Kaffee.

I wanna know,
have you ever seen the rain …

Timo fischte sein Handy aus der Brusttasche seiner beigen Outdoorweste und brach Bonnie Tylers Gekrächze ab.

»Hallo, Pekko.«

Seine Frau schaute von dem Ladentisch auf, wo sie Brieftaschen aus Rentierleder in einer Reihe auslegte. Pekkonen Rastevarre war ein Freund ihres Mannes, der besonders talentiert in Sachen Gewalt war.

»Ja, ich hab dich vor neun Minuten angerufen. Hör zu. Irgendwelche Drecksäcke haben mir zwei Lavvos gestohlen. Hast du Lust auf eine Tour nach Kirkenes?«

Timo vermied es, seiner Frau in die Augen zu sehen. Stattdessen hielt er das Telefon ans Ohr und nickte.

»Gut. Nächsten Mittwoch. Ich hole dich gegen halb acht ab. Ja, morgens. Bis dann.«

Marja hatte zugehört.

»Was willst du in Kirkenes, Timo? Kannst du das nicht der Polizei überlassen?«

Timo rückte den Tisch an seinen Platz, drehte sich zu ihr um und hielt die Kamera mit Leifs Bild in die Höhe.

»Nein. Ich werde diesem norwegischen Wichser zeigen, dass man Timo Rastavainen nicht bestiehlt. Niemand bestiehlt Timo.«

POLITI

Dokumentnummer: P-05-1/2
Ausstellungsdatum: 06.05.07

Fahrzeugkontrolle: Bewaffneter Überfall auf Geldtransport	**Tatort:** Riksvei E75, Vardø–Vadsø

Beilage zum Hauptbericht, Sachnummer P-05-01.
(Fahrzeuge auf der Strecke Vardø–Varangerbotn, 07:00–07:30 Uhr)

- Beate Lodal: Roter Mitsubishi Lancer, Bauj. 2001, KFZ-Nr. UE 359784. Reifen: Continental 195/65 HR15 PREMIUM CO E.
- Geir Hilmar Løvås: Roter Fiat Punto, Bauj. 1995, KFZ-Nr. ZP 789632. Reifen: Bridgestone 195/65 TR15 B390 EU RFD.
- Albert Klavenes: Blauer Volvo V70, Bauj. 2004, KFZ-Nr. ZT 549731. Reifen: Goodyear 195/65 HR15 VENTURA EU.
- Laila Kristensen: Silbergrau/roter Daihatsu Gran Move, Bauj. 1999, KFZ-Nr. DJ 57330. Reifen: Pirelli 195/65 TR15 L6 CITYNET.
- Arild Stensand: Dunkelblauer SsangYong Korando, Bauj. 2006, KFZ-Nr. DE 479485. Reifen: Dunlop 195/65 HR15 SP FASTRESPONSE XL.
- Frode Danielsen: Hellgrauer Renault Clio, Bauj. 2003, KFZ-Nr. ZP 595123. Reifen: Continental 195/65 HR15 ECO CONTACT 3 EU.
- Synnøve Klepp: Burgunderroter Skoda Octavia, Bauj. 2007, KFZ-Nr. ZX 648712. Reifen: Goodyear 195/65 VR15 HYDRAGRIP.

Bemerkung: Übereinstimmung des Reifentypes aus Beweisbericht P-05-1/1-2, Bridgestone 195/65 TR15 B390 EU RFD, Geir Hilmar Løvås, mit der Reifenspur in von Rentierurin getränktem Untergrund am Tatort.

Ost-Finnmark Polizeidirektion
Rådhussvingen 1
9900 Kirkenes
Tel.: 78 97 20 20

KAPITEL 24

»Scheißrentiere!«

Schwarze und braune Haarbüschel ragten aus dem Anhänger, der mitten im Gehege stand. Ailo Ballo versuchte alles, um die zwei Rentiere über die rosa Wandplatte zu bekommen. »Verdammt!« Sein Rücken schmerzte, als er sich bückte und den Strick aufhob, mit dem er die Tiere bei der Zollstation in Neiden von der Weide geholt hatte. Er hatte nicht damit gerechnet, dass er ihn auch brauchen würde, um sie wieder herunterzubekommen. Das erste Rentier schüttelte den Kopf, als er ihm die Schlinge ums Geweih legte.

»Einer von euch muss mir helfen.«

Leif kletterte auf den Anhänger. Er war die großen Tiere nicht gewohnt und zuckte, als eins von ihnen schnaubte. Ailo schüttelte den Kopf.

»Hast du Angst vor Rentieren?«

»Nein.«

»Okay. Geh nach hinten und schieb. Ich bleibe hier vorne und ziehe.« Ailo zeigte mit dem Daumen nach hinten.

Leif quetschte sich vorsichtig an dem Rentier vorbei. Ailo zog, aber das Tier bewegte sich nicht vom Fleck. Es bockte und versuchte den Strick abzuschütteln, aber Ailo hielt ihn stramm. »Schieb schon, verdammt!«

Leif zögerte und musterte den wackelnden Rentierhintern. Der kleine Stummelschwanz zitterte frenetisch und das Tier stampfte mit den Hinterbeinen. »Ich weiß nicht. Es stampft. Bestimmt ist es sauer.«

»Scheiß drauf und schieb!« Ailo war rot im Gesicht. Er hängte sich mit seinem ganzen Gewicht an den Strick.

»Und wenn es mir in die Eier tritt?«

»Ich tret dir selber in die Eier, wenn du das Scheißrentier nicht gleich schiebst!«

Leif stemmte die Hände gegen den Rentierhintern und schloss die Augen. Er presste die Knie zusammen, um sich vor eventuellen Tritten zu schützen, und schob. Das Rentier war groß. Es neigte sich ein bisschen nach vorn, blieb aber fest auf allen vieren stehen. Er stemmte sich gegen den Anhänger und schob mit ausgestreckten Armen. Das zweite Rentier stand ruhig neben seinem Artgenossen und schaute zu. Leif schob so fest er konnte. »Hast du das Vieh festgenagelt?«

»Kneif ihm in den Sack und schieb – gleichzeitig!«

»Was? In den Sack? Dann tritt es mir aber wirklich in die Eier. Ei für Ei.« Roy lachte, aber Leif war gar nicht zum Lachen zumute. Auch Ailo nicht.

»Nicht fest, nur so, dass es etwas spürt. Wenn wir die Mistviecher nicht gleich unten haben, pack ich sie wieder ein!«

Leif trat einen Schritt zurück und betrachtete das Tier. Unter seinem Bauch baumelte ein dunkler, runzliger Hodensack. Er streckte die Hand aus und fummelte zwischen den Hinterbeinen des Tieres herum, bis er ihn im Griff hatte. »Oh, Jesus!« Er drückte zu und sprang zurück. Das Rentier machte einen Satz nach vorn. Er hatte zu fest gedrückt. Das Tier walzte Ailo nieder und rannte in das Gehege, wo es mit aufgerissenen Augen stehen blieb und prustete. Ailo war von der rosa Wandplatte gekullert und vor Roy liegen geblieben. Das zweite Rentier trottete seelenruhig vom Anhänger herunter und gesellte sich zu seinem Artgenossen.

»Blöder Idiot!« Ailo rieb sich den Rücken und verzog das Gesicht. »Hab ich etwa gesagt, dass du ihm die Eier abreißen sollst?«

Leif sprang von Anhänger. »Ich hab noch nie einem Rentier an den Sack gegriffen.«

Roy dachte schon, Ailo würde sein Samenmesser ziehen, aber er zog nur ein Päckchen Tabak aus der Hosentasche und setzte sich auf den Anhänger, um eine Zigarette zu drehen. »Ihr Rindviecher! Wie wollt ihr auf meine Rentiere aufpassen?« Er stand auf und rüttelte am Zaun des Geheges. »Das sollte halten. Aber was ist mit Futter? Wo ist das Heu?«

Leif warf Roy einen auffordernden Blick zu.

»Kommt heute Nachmittag«, sagte Roy und hoffte, dass Ailo nicht die Säcke mit Hundefutter entdecken würde, die hinter einem der Zelte aufgestapelt waren. »Heu haben wir genug, kein Problem.«

Ailo setzte sich wieder auf den Anhänger.

»Was habt ihr eigentlich mit den Tieren vor?«

»Lassowerfen.« Leif ließ eine Hand über dem Kopf kreisen. »Für die Touristen. Authentisches Samenleben. Roy kommt übrigens noch zu dir, um ein paar Rentierfelle zu kaufen. Für die Bänke in den Lavvos.«

»Herrgott.« Ailo warf die Kippe ins Moos und trat sie aus. Dann stieg er in seinen Pick-up. Bevor er fuhr, kurbelte er noch einmal das Fenster herunter. »Passt bloß gut auf meine Rentiere auf, sonst gibt's Ärger. Es sind zwei meiner schönsten.«

KAPITEL 25

Es war halb vier Uhr nachts, weit und breit war kein Mensch zu sehen. In Reih und Glied standen die Einfamilienhäuser an der Straße. Sie waren so niedrig und die Gärten so groß, dass niemand im Schatten des Nachbarn leben musste.

Geir Hilmar Løvås warf seinem alten Rasenmäher einen Blick zu, der neben der Haustür an der Wand lehnte. Dann schloss er den Kofferraum und stieg ins Auto. Die Auffahrt könnte auch mehr Schotter vertragen. Und das Gras müsste mal wieder gemäht werden, dachte er.

Vor vier Jahren hatten seine Eltern ihm das Haus für 300 000 Kronen unter Marktwert verkauft und waren nach Mallorca gezogen.

Er dachte sich immer neue Projekte mit dem Haus aus, es gab immer etwas umzubauen oder abzureißen. Von seinem Vater hatte er alles gelernt, was mit handwerklicher Arbeit zu tun hatte. Ihr erstes Projekt war ein Baumhaus gewesen, aber weil sie keine Bäume im Garten hatten, bauten sie es auf dünnen Pfählen. Einen Monat später war es eingestürzt und hatte Moses, das Kaninchen der Nachbarn, erschlagen.

Sie hatten viele solcher Projekte realisiert, und jedes Mal hatte er etwas Neues dazugelernt. Er liebte es, mit eigenen Händen etwas herzustellen. Bis zu dem Tag, an dem sie über der Garage mit dem alten Mazda und den Regalen voller halb leerer Farbeimer ein Gästezimmer anbauen wollten. Geir Hilmar war siebzehn und hatte mit einem Tacker Paneele an der Wand befestigt. Im Radio kam ein Hit von T'Pau, bei dem ihm immer das Tanzbein zuckte. Er stolperte über das Kabel der Arbeitslampe, der Tacker segelte durch die Luft und beim Aufprall löste sich ein Schuss, der seinen Vater am Schienbein traf. In seiner Wut sagte der Vater ein paar unfreundliche Worte, die Geir Hilmars Stolz so tief verletzten, dass er sich fortan weigerte, bei den Projekten seines Vaters mitzumachen.

Aber er vermisste es.

Nachdem er das Haus übernommen hatte, war der Drang, Sachen zu bauen oder zu reparieren, wiedergekommen.

Er warf noch einmal einen Blick auf den Rasenmäher und beschloss, einen Geräteschuppen für Rasenmäher und Schneefräse zu bauen. Dann legte er den Rückwärtsgang ein und fuhr auf die Straße.

Bjørnevatn war ein friedlicher Ort. Früher war dort mehr los gewesen, als die Gruben noch in Betrieb waren, aber jetzt war es nicht mehr als eine Trabantenstadt von Kirkenes.

Auf dem kleinen Hügel vor der Kreuzung, wo die Siebzig-Stundenkilometer-Zone aufhörte, schaltete er zurück und bog nach Hesseng ab, wo er an der durchgängig geöffneten Esso-Tankstelle vorbeifuhr ohne anzuhalten, obwohl er höllische Lust auf ein Grillwürstchen und einen Brauselutscher hatte. Aber er wollte keine Geschichte erfinden müssen, warum er mitten in der Nacht unterwegs war.

Außerdem arbeitete dort eine Frau, zu der er neulich im Ritz ziemlich unmöglich gewesen war, weil sie ihn hatte abblitzen lassen.

Heute Nacht wollte er es nicht riskieren, ihr zu begegnen.

Vor neun Jahren hatte Geir Hilmar mit einer Frau aus Vadsø zusammengelebt, die Karianne hieß. Sie hatten sich auf einem Kurs für Arbeitssuchende in Kirkenes kennengelernt und sofort erkannt, dass die Chemie zwischen ihnen stimmte, denn sie waren die einzigen von zwanzig Teilnehmern gewesen, die laut gelacht hatten, als ein Mann mit Zerebralparese in seinem elektrischen Rollstuhl gegen eine Yuccapalme fuhr und umstürzte.

Drei Monate später zogen sie zusammen in eine Wohnung im Zentrum von Kirkenes, wo sie drei Jahre lang glücklich waren, bis Geir Hilmar sich den Bart abrasierte. Er hatte ihn seit fünf Jahren getragen und bildete sich ein, dass er damit wie Tom Selleck aussah, aber eines Abends blieb er gleich viermal an dem Verschluss diverser Bierdosen hängen. Wütend ging er ins Bad und rasierte ihn ab.

Karianne hatte nicht besonders stark darauf reagiert. Aber von da an wurde alles anders. Sie entfernte sich langsam aber sicher von ihm. Sie lachten seltener und redeten nicht mehr so viel miteinander. Nach fünf Wochen zog sie aus, und Geir Hilmar blieb zurück und wusste nicht, warum sie gegangen war. Hätte sie ihm nur irgendeinen Grund gegeben, es wäre ihm leichter gefallen. Aber das hatte sie nicht. Eines Tages, als sie beim Abendessen saßen und er seinen Fischpudding mit Senf bestrich, eröffnete sie ihm plötzlich, dass es wohl besser wäre, wenn sie ausziehen würde.

Er fragte warum, doch sie antwortete nur, dass es schwer zu erklären wäre. Dass sie es selbst nicht genau wüsste. Irgendetwas fehlte, meinte sie. Sie hätten sich voneinander entfernt.

Geir Hilmar hatte das Gefühl, dass nur sie sich von ihm entfernt hatte.

Er war kein ehrgeiziger Mensch. Mit ein paar schwarzen Gelegenheitsjobs zusätzlich zum Arbeitslosengeld hatte er sich bis dahin zufriedengegeben, und er hatte nach wie vor Spaß daran, sich jedes Wochenende zu betrinken und am nächsten Tag bis zwei Uhr nachmittags auszuschlafen, so wie sie es früher immer getan hatten.

Karianne dagegen hatte per Fernstudium an der Uni Tromsø einen Bachelor in Politikwissenschaft gemacht und gerade angefangen, Pädagogik zu studieren, als sie Schluss machte.

Er redete sich ein, dass der Bart daran schuld war.

Sie hatte ihn verlassen, weil er den Bart abrasiert hatte.

Auf diese Weise vermied er es, in den Spiegel zu schauen und sich einzugestehen, dass er im Leben nicht weiter als mit siebzehn Jahren war.

Der Trennungsschmerz hielt lange an.

Er hatte sie geliebt, und es versetzte ihm noch heute einen Stich, wenn er sie beim Einkaufen traf.

Sie hatte einen Studienrat geheiratet, der für die Konservativen im Gemeinderat saß, und sie hatten einen siebenjährigen Sohn.

In den neun Jahren, die seit der Trennung vergangen waren, hatte Geir Hilmar einmal einen One-Night-Stand mit einer betrunkenen alleinerziehenden Mutter gehabt und die Brüste einer Frau aus Vardø geknetet, die allerdings eingeschlafen war, bevor mehr daraus wurde. Und das war auch schon sechs Jahre her.

Aber obwohl er sein Leben mit jemandem teilen wollte und sich als Versager fühlte, wenn er alte Bekannte traf, die beruflich etabliert waren und Frau und Kinder hatten, hatte er sich an sein Leben gewöhnt und hatte Routine und Rituale entwickelt, die er lieb gewonnen hatte. In der Regel fühlte er sich nur einsam, wenn er trank. Die Kameradschaft auf der Arbeit war stark, und seine engsten Freunde waren wie eine Familie für ihn. Sie halfen einander, wenn es nötig war, und hatten Spaß zusammen.

Jetzt musste er sich mangels Körperbehaarung für ein paar Tage zurückziehen. Es wäre zu kompliziert gewesen, diese Nacktheit zu erklären.

Vor der Brücke über den Munkelva am Ende des Munkefjords warf er einen Blick aufs Meer, um herauszufinden, ob es Ebbe oder Flut war. Das hätte er vorher klären sollen, aber er hatte Glück. Es war Ebbe, was seine Chance erhöhte, die Koffer zu finden. Er war sich nicht sicher, ob sie sinken oder schwimmen würden und wusste nicht mehr, wie weit er sie geworfen hatte. Im Internet hatte er herausgefunden, dass zur Tatzeit Flut gewesen war. Wenn er sie zu weit geworfen hatte, waren sie wahrscheinlich fortgetrieben und konnten überall sein. Vielleicht saß genau in diesem Moment ein glücklicher Russe am anderen Ufer und zählte Scheine. Wenn sie gesunken waren, war seine Chance größer – falls sie nicht schon ein anderer gefunden hatte.

Jetzt hatte er auf jeden Fall Zeit und Ruhe, um gründlich zu suchen. Er würde vor sechs Uhr dort sein.

Er fragte sich, wie viel Geld in den Koffern war. Wahrscheinlich waren es Zuschüsse für alle drei Banken in Kirkenes.

Er wusste nicht einmal, was er mit dem Geld tun würde, wenn er es fand. Die Angst, dass die Polizei eines Morgens an seine Tür klopfen und ihm erzählen würde, dass er die nächsten sieben Jahre in einer Zelle in Vadsø verbringen müsse, und der Gedanke, dass ein anderer die Koffer vor ihm finden konnte, hatten alle anderen Überlegungen verdrängt.

Er passierte die Eisbärenstatue vor dem Hotel in Neiden und sah die Fliegenfischer am Fluss. Ja, das wollte er tun: jederzeit Angeln gehen, so lange er Lust hatte. Die ganze Saison, wenn es sich ergab. Er könnte eine Rundreise zu den besten Lachsflüssen Norwegens oder vielleicht sogar der ganzen Welt machen, ohne Urlaub nehmen oder über die Kosten nachdenken zu müssen. Eigentlich war er kein leidenschaftlicher Lachsfischer, aber er hatte das Gefühl, dass er es werden könnte, wenn er die Zeit dazu hätte. Und wenn die

Lachse nicht anbeißen wollten oder ihm langweilig wurde, könnte er die Angelrute in den Wald werfen, zum Flugplatz fahren und nach Australien fliegen, um in der Wüste Opale zu suchen. Oder Diamanten in Südafrika. Oder Frauen in Brasilien. Er könnte tun und lassen was er wollte, bis das Geld alle war. Das würde früher oder später der Fall sein. Vier Millionen waren nicht die Welt. Aber dann würde er bestimmt seinen Job bei der Post wiederbekommen, sie brauchten immer Aushilfen.

Er hatte sich ausgerechnet, dass das Geld etwa zwei Jahre lang reichen würde. Wie er das Problem praktisch lösen sollte, wusste er noch nicht. Wenn er in Kirkenes mehr als ein paar Tausend in bar ausgab, würden die Leute sofort glauben, er habe im Lotto gewonnen oder etwas Gesetzwidriges getan. Also plante er, ins Ausland zu gehen, von Ort zu Ort, bis er einen perfekten Platz fand, wo er ungestört anderthalb Jahre lang im Luxus leben konnte. Vielleicht Sri Lanka. Oder Mexiko. Alle Banditen gingen nach Mexiko.

Aber er konnte auch nicht mit vier Millionen Bargeld von Land zu Land reisen. Mehr als zwei Grenzkontrollen würden seine Nerven nicht aushalten. Am besten, er würde direkt auf die Kaimaninseln fliegen und ein Konto eröffnen. Im Film war das jedenfalls nie ein Problem. Dort wurden vier Millionen in bar wahrscheinlich wie Wechselgeld behandelt.

Er erreichte Vadsø gegen halb sechs. Nur ein paar arme Seelen schlurften gekrümmt zur Arbeit. Unterhalb der Straße, wo die Landschaft sanft zum Meer abfiel, waren die alten Holzhäuser viereckigen Gewerbebauten gewichen. Auf der kleinen Insel, wenige Hundert Meter vom Ufer entfernt, verfiel die alte Heringsölfabrik, die früher bei Seewind die Stadt in Trangestank gehüllt hatte.

In Vadsø trank er immer in der Konditorei Hildonen Kaffee. Sie hatten eine phantastische Auswahl an frischen Backwaren. Keine Fabrikware wie die von Eurospar oder Rema 1000, mit der er sich in Kirkenes zufriedengeben musste. Aber diesmal musste er die gute alte Konditorei links liegen lassen.

Als er das Zentrum verließ und die Abstände zwischen den Häusern größer wurden, war er bester Hoffnung. Heute hatte er viel Zeit zum Suchen.

Aber was wäre, wenn er die Koffer nicht fand? Er schaltete das Radio ein, um sich abzulenken, aber nachdem Åge Aleksandersen mit heiserem Gejohle dreimal darauf bestanden hatte, dass heute sein Tag war, schaltete er wieder aus.

Er bremste und fuhr in die Parkbucht bei den zwei Bootsschuppen, ungefähr 200 Meter von der Stelle entfernt, wo er die Koffer weggeschleudert hatte. Kein Mensch war zu sehen. Er ging den schmalen Pfad zu den Schuppen hinunter. Die rote Farbe schälte sich von den alten Brettern und sie begannen an einigen Stellen zu faulen. Die Leute kümmern sich um gar nichts mehr, dachte er, alles verrottet und keiner kümmert sich drum.

Er blieb stehen und schaute Richtung Vadsø. Das Wasser hatte sich mindestens dreißig Meter zurückgezogen, und der Strand war übersichtlich. Keine Koffer. Aber das hatte er auch nicht erwartet.

Er drehte sich um und spähte über den Strand, wo große und kleine, mit Tang bewachsene Steine im Sand verstreut lagen.

Keine Koffer.

Das war nicht einfach hinzunehmen. Er suchte den gesamten Strand ab, obwohl er wusste, dass es kaum Sinn hatte.

Keine Koffer.

Sie mussten abgetrieben sein. Irgendwo lagen sie im Schlick oder dümpelten im Niedrigwasser, bis einer sie fand.

Oder bis er sie fand.

Er musste herausbekommen, wie die Meeresströmung in diesen Fjorden war. Irgendein Forscher hatte bestimmt ein Stipendium dafür bekommen, dass er in einem kleinen Boot mit Messgeräten hier herumgurkte und die Strömung kartierte.

Ganz bestimmt.

Er durfte jetzt nicht aufgeben.

KAPITEL 26

Leifs Telefon hing an der Küchenwand. Seit Jahren ärgerte er sich, weil der Hörer ständig herabfiel und nutzlos an der Wand baumelte. Nach jedem Gespräch musste er ihn wie ein rohes Ei auflegen. Es war aber offenbar nicht ärgerlich genug, als dass er etwas dagegen unternommen hätte.

Vor ein paar Monaten hatte er überlegt, ob er sich ein drahtloses Telefon kaufen sollte. Im Prix hatten sie eins für 39 Kronen plus Abo bei »Wer ruft an?« im Angebot gehabt, aber als er sich endlich entschieden hatte, waren alle Geräte längst ausverkauft.

Sein Vater hatte die schwarze Wandhalterung in aller Hast gekauft, weil seine Mutter eine Telefonbank mit Schubladen ausgesucht hatte, die mehr kostete, als er für ein Möbelstück ausgeben wollte, das nur noch mehr Kosten verursachen würde. Die Sitzbank war nämlich bequem gepolstert, und die Telefonrechnung wäre sicher in astronomische Höhen geschnellt, wenn sie stundenlang mit ihren Freundinnen gequasselt hätte. Ende der Fünfzigerjahre war Leifs Vater nach Uddevalla gezogen, weil er einen Job in der dortigen Papierfabrik angenommen hatte. Er hatte die Grubenarbeit satt und Lust auf Abenteuer. Schwedische Frauen waren schön, er mochte es, wie sie redeten, und als Trommler der Tanzkapelle Kanon-Pojkarna bekam er schließlich die Schönste von allen. Leifs Mutter hieß Ulla und schenkte seinem Vater einen Sohn, eine Tochter und die zwölf glücklichsten Jahre seines Lebens, bevor sie an Lungenkrebs starb. Ohne Ulla war Uddevalla nicht dasselbe. Sein Vater nahm Telefon und Wandhalterung mit zurück nach Kirkenes und füllte die Leere in seinem Herzen mit seinen Kindern und der Musik.

Auch Leif hatte Trost in der Musik gefunden. Im Keller des Einfamilienhauses in Hesseng, zehn Kilometer südlich von Kirkenes, als die Gruben noch in Betrieb waren, trommelte er im Takt mit den Sprengungen des Tagebaus, die tiefe, runde Wunden in die Landschaft rissen und die Häuser zum Wackeln brachten. Er war musikalisch und spielte in derselben Tanzkapelle wie sein Vater. Manchmal Bass, manchmal Keyboard. Er beherrschte die meisten Instrumente.

Als nun der Hörer wieder abrutschte und gegen die Wand knallte, wo er schon Spuren in der Tapete hinterlassen hatte, ließ Leif ihn einfach hängen und lachte.

Roy hatte angerufen und erzählt, dass die Kommune 20 000 Kronen Startgeld für Samenland bewilligt hatte.

Leif zog die Cowboystiefel an, die er vor zwölf Jahren in Haparanda gekauft hatte, und fuhr sofort zu Rimi. Er kaufte mehrere Sixpacks Mack-Bier und fuhr damit zu Roys Haus. Roy fand, dass Mack wie Seehundpisse schmeckte, aber das war ihm egal.

»Hast du Bier gekauft?« Roy kam mit einer Tüte Speck-Chips aus der Küche. Er leerte die Tüte in eine Schüssel und setzte sich aufs Sofa.

Leif zog die Schuhe im Windfang aus und hielt die Plastiktüte voll Bierflaschen hoch, als er hereinkam.

»Du solltest etwas mit dieser Bruchbude tun, Roy. Das Holz ist schon ganz verrottet. Du musst die morschen Bretter austauschen, bevor dir das ganze Haus auf den Kopf fällt, während du hier sitzt, Schaumbärchen in dich reinstopfst und *Paradise Hotel* glotzt.«

»Ich gucke nicht *Paradise Hotel.*«

»Dafür brauchst du dich doch nicht zu schämen.«

»Nein, ich gucke wirklich kein ... Ach, gib mir einfach ein Bier!«

Die Wände waren nackt, bis auf eine Kuckucksuhr, die Leif ihm zu Weihnachten geschenkt hatte. Sie hing schief neben dem Fenster, und zu jeder vollen Stunde kam ein nacktes Männlein mit Weihnachtsmannmütze heraus und steckte seinen erigierten Holzpenis in eine arme Wichtelfrau, die vor ihm kniete. Mit jedem Glockenschlag stieß er einmal zu. Am Anfang war es lustig gewesen, aber mit der Zeit war die Juckelei Roy so auf die Nerven gegangen, dass er die Uhr aufgeschraubt und ein paar Federn herausgezogen hatte. Er habe einfach aufgehört zu juckeln, sagte er zu Leif.

»Mack! Du weißt doch, dass ich Mack hasse.«

Leif zuckte mit den Schultern, öffnete eine Flasche und gab sie Roy.

»Bier ist Bier, Roy. Trink und halt den Mund.«

Roy trank und stellte die Flasche auf den Sofatisch, wo noch ein klebriger Ring von einem Bier zu sehen war, das er vor vier Tagen getrunken hatte. Leif zupfte etwas Tabak aus dem Päckchen in seinem Schoß und drehte sich eine Zigarette.

»20 000. Das können wir ruhig ein bisschen feiern, oder? Die Summe haben wir ja überhaupt nicht eingerechnet.«

»Wir haben überhaupt nicht gerechnet, Leif. Wir haben kein Budget. Ich fahre morgen nach Neiden und kaufe ein paar Rentierfelle. Vielleicht sollten wir mit dem Feiern warten, bis wir wissen, was uns das alles kostet. Außerdem müssen wir 9000 für die Rentiere zur Seite legen. Vielleicht brauchen wir sogar eine tierärztliche Genehmigung für das Gehege, und eine Rentierversicherung. Was kostet es, ein Rentier zu versichern? Vielleicht brauchen wir eine Rentier-Unfallversicherung, falls ein Rentier Amok läuft und irgendeinem Deutschen den Sack aufschlitzt?«

»Jetzt mach mal halblang, Roy, Rentiere brauchen keine Versicherung.«

Leif griff in die Chipsschüssel, und Roy versuchte seinen Lieblingssender P4 auf einem Radio einzustellen, das er damals in seinem neu erworbenen Haus gefunden hatte. Der Griff am Regler war vor einem Jahr abgefallen, und er hatte ihn weggeworfen, weil er nicht wusste, wozu das Plastikteil gehörte. Drei Monate später, als ein Sturm die Satellitenschüssel vom Dach gefegt hatte und er Radio hören wollte, war es ihm wieder eingefallen. Er gab auf, weil er nur Rauschen und ein Programm über Töpfertraditionen in Gambia auf P2 empfing.

»Wie weit sind wir mit dem Marketing?«

»Ich habe Plakate am Hurtigrutenkai aufgehängt. ›LIVE LIKE A SAME! WELCOME TO SAMELAND, a Samic adventure, travel in time and culture! OPEN SOON!‹ Mit Preisbeispielen und Telefonnummer. War gar nicht so teuer, wie ich dachte, sie drucken zu lassen. Ich hab das Bild aus dem Internet benutzt. Das mit dem alten, zahnlosen Samenknacker, der neben seinem Rentier steht und grinst.«

»Was ist mit der Touristeninformation? Hat es geklappt?«

Leif nahm einen Schluck und nickte.

»Doch. Sie hat mir erlaubt, einen Stapel Flyer auszulegen. Damit müssen wir uns zufriedengeben, fürchte ich.«

Roy schüttelte den Kopf.

»Ja, damit müssen wir uns wohl zufriedengeben. Nachdem du ihr neulich abends eine Gratistour durch Samenland inklusive samischer Massage angeboten hast.«

»Sie hat's mit Humor genommen. Ich war doch stockbesoffen.«

»Du hast ihr angeboten, sie mit Rentiertalg und deinem Ständer zu massieren.«

»Jedenfalls durfte ich heute die Flyer auslegen.«

»Wir müssen in Zukunft aufpassen, was wir sagen. Wir sind jetzt Geschäftsleute, und in der Tourismusbranche ist ein guter Ruf Alpha und Mega.«

»Alpha und Omega.«

»Was?«

»Ich glaube, es heißt Alpha und Omega.«

»Nein, das heißt nicht … ach, ist doch egal. Wir müssen auf jeden Fall vorsichtig sein und dürfen uns nicht mehr im Suff blamieren.«

Leif nahm einen Schluck und wischte sich mit dem Handrücken Bierschaum vom Mund. »Schon gut, du hast ja recht. Wir sollten uns an so seriöse Themen wie Popeln halten, wenn wir den Frauen imponieren wollen, stimmt's?«

»Du hättest mich aufhalten sollen. Du hast doch gesehen, wie voll ich war. Verdammte Scheiße. Endlich hatte ich die Chance, Torhild näher kennenzulernen, und dann lasse ich mich übers Popeln aus.«

»Ich *habe* dich aufgehalten, Roy. Einen Augenblick lang sah es echt finster aus, als du den Finger in die Nase stecken wolltest. Aber sie hat gelacht. Vielleicht fand sie dich ja charmant.«

»Nein, der Zug ist abgefahren. Heute Morgen hab ich sie in der Fußgängerzone gesehen. Ich hatte so ein Schiss, dass ich mich im Haushaltswarenladen versteckt habe. Eine geschlagene Dreiviertelstunde habe ich den Leuten bei Diskussionen über Kaffeeservice und Soßenschüsseln zugehört. Ich werde in ihrer Gegenwart nie wieder ein Wort herausbekommen.«

»Beruhig dich, Roy. Ist schon viel Schlimmeres im Suff passiert.«

»Wenn ich sie mit Bier überschüttet oder sie vollgekotzt hätte, wär das was anderes. So was passiert nun mal beim Trinken. Aber über das Popeln zu diskutieren? So etwas tut man nicht einfach so. Das muss man sich in nüchternem Zustand ausgedacht haben.«

»Das ist also deiner Meinung nach das wichtigste gesellschaftliche Problem … Du könntest der Martin Luther King der Nasenbohrer werden und von der Nachwelt als Befreier der Popel gefeiert werden. Wär das nichts?« Leif lachte und griff nach seiner Flasche.

»Haha. Sehr lustig.« Roy verzog das Gesicht nach einem großen Schluck Mack. »Wie weit bist du mit den Plakaten?«

»Ich war auch am Flughafen und habe ein paar in der Ankunftshalle aufgehängt.«

»Gut. Was wir jetzt noch brauchen, sind Rentierfelle, Schnaps und Samentrachten. Kümmerst du dich um die Kostüme?«

»Ja, ich treffe mich morgen im Malmklang mit Gerd.«

»Okay. Dann besorge ich die Rentierfelle. Läuft doch alles nach Plan, oder? Fehlen bloß noch die Gäste.«

»Die kommen schon noch, Roy. Die kommen schon.«

KAPITEL 27

Audun Gåsland saß mit einer Säge in der Hand hinter einer Hecke im Le Maires Vei, nur 500 Meter vom Stadtzentrum von Kirkenes entfernt.

Tryggve Tårnåsen war zunächst skeptisch gewesen, ob er ihn einsteigen lassen sollte. Aber dann hatte er erkannt, dass der nackte Mann mit dem tieflila Gesicht eher traumatisiert als pervers war, und hatte ihn nach Hause gefahren, nachdem ihm Audun eine Geschichte von Gedächtnisverlust und schlechtem Orientierungssinn aufgetischt hatte. Audun nahm ein paar Tage frei, damit er niemandem seine Gesichtsfarbe erklären musste, und als sie wieder normal war, war auch er guten Mutes. Ja, er war sogar überzeugt davon, dass ihn der Albtraum im Wald stark gemacht hatte. Jetzt konnte er sich mit den Leuten vom Discovery Channel identifizieren, die auf wundersame Weise unfreiwillige Aufenthalte an den ungastlichsten Orten der Erde überlebt hatten. Er fühlte sich tollkühn wie nie zuvor.

Der Himmel über ihm war grau und dämpfte das Licht, denn eigentlich war es taghell, obwohl es zwei Uhr nachts war. Die Fahnenstange ragte wie ein weißer Cocktailspieß aus dem Rasen. Die Besitzer des Hauses waren im Urlaub in Nordschweden. Das wusste er, weil das Haus einem Kollegen gehörte. Vorsichtshalber trug er dieses Mal unter der Samentracht einen Jogginganzug, falls etwas schiefgehen sollte.

Am Anfang war alles reibungslos gelaufen, er war unentdeckt in den Garten geschlichen und hatte schon ein Drittel der Stange durchgesägt. Eine Fahnenstange durchzusägen war schwieriger, als die meisten dachten. Sie waren aus stabilem Holz, das norwegische Winterstürme aushalten sollte, und noch dazu mit den Farbschichten vieler Jahre umhüllt, die eine steinharte Rinde bildeten.

Plötzlich hörte er, wie im Nachbarhaus ein Fenster geöffnet wurde.

Stein Herzog konnte nicht schlafen.

Er war vor vier Monaten von Fredrikstad nach Kirkenes gezogen, um dort als Logopäde zu arbeiten, und fand, dass der Dialekt der Finnmark ein einziger Sprachfehler sei. Seine Freundin Wenche schnarchte leise neben ihm, aber er hatte seinem Körper noch nicht vermitteln können, dass es in Ordnung war, bei Tageslicht zu schlafen. Er war wach und dachte an den Ford Taunus, den er als Achtzehnjähriger besessen hatte. Es war sein erstes Auto gewesen, und er hatte es geliebt. Dann ging er in die Küche und schmierte sich ein Brot, und als er aus dem Fenster schaute, erblickte er einen Samen, der die Fahnenstange des Nachbarn absägte. Der Nachbar war ein dickköpfiger Querulant, im Grunde hatte Stein nichts dagegen, dass seine Fahnenstange abgesägt wurde. Er war sogar ein bisschen schadenfroh. Aber dann berechnete er grob, wo die Stange landen würde, und kam zu dem Ergebnis, dass sie höchstwahrscheinlich den Rasenmäher zertrümmern würde, den er vor zwei Wochen gekauft und noch kein einziges Mal benutzt hatte. Er öffnete das Fenster, um den Samen zu verjagen.

»He, hör auf zu sägen, du Idiot!«

Audun zuckte so stark zusammen, dass er mit der Stirn gegen die Fahnenstange knallte und rückwärts umfiel. Er riss sich zusammen, griff nach Säge und Fleecedecke und rollte in die niedrige Hecke zwischen den Grundstücken.

»Ich rufe die Polizei!«

Audun kroch auf allen vieren an der Hecke entlang, bis er die Rückseite des Hauses erreicht hatte, hinter dem keine weiteren Gebäude standen.

»Ich sehe dich, du Scheißsame! Ich sehe dich!«

Stein sah den Zipfel der Samenmütze, der über die Hecke ragte und bei jedem Schritt auf und ab tanzte. Es sah aus wie Kasperletheater im Freien.

Seit dem Umzug nach Kirkenes hatte er noch nicht viele Leute kennengelernt. Zwar war es leicht, mit den Menschen in Kontakt zu kommen, aber Freunde hatte er noch keine gefunden. Plötzlich begriff er, dass dieser Fahnenstangen sägende Same die Gelegenheit bot, sich ein wenig hervorzutun. Ein Heldenstatus in der Lokalzeitung würde bestimmt Wunder wirken, dachte er.

Er rannte aus der Küche in den schmalen Windfang, schlüpfte in ein Paar Gummistiefel, stürmte zur Tür hinaus und sprang über den Zaun des Nachbargrundstücks. Im Gebüsch hinter der Grillhütte blieb er stehen und lauschte. Kein Laut. Er ging tiefer ins Gehölz, hielt aber inne, als er aus der entgegengesetzten Richtung Laufschritte auf dem Asphalt hörte.

Audun war in wilde Panik ausgebrochen, und in dem dichten Gebüsch hatte er keine Orientierung, in welche Richtung er lief, aber er hatte die Geistesgegenwart, die Samentracht abzustreifen und sie zusammen mit der Säge und der Fleecedecke unter einem Stein zu verstecken. Dann lief er weiter, aus dem Gestrüpp hinaus und durch einen Garten, bis er sich wieder im Le Maires Vei befand. Er beschloss, das zu tun, was Menschen im Jogginganzug tun, und begann zu joggen.

Als er die Gjert Liens Gate erreichte, sprang hinter ihm eine Gestalt aus dem Gebüsch.

»Stopp! Warten Sie!«

Er drehte sich um, sah einen Mann in Gummistiefeln und blauer Unterhose auf ihn zustürmen und blieb stehen. Das würde er schaffen. Er war nur ein ganz gewöhnlicher Jogger, sonst nichts.

Der Mann in der Unterhose blieb vor ihm stehen und japste nach Luft. Sein Körper war mit Schürfwunden übersät, und dünne Blutstreifen zeichneten sich auf der milchigen Haut ab.

»Haben Sie einen Samen gesehen?«

»Einen Samen?«

»Ja. Einen Samen mit Säge?«

»Geht es Ihnen gut? Sind Sie wach?«

»Wach? Was zum Teufel meinen Sie damit? Ich bin nackt durch hundert Scheiß-Wacholderbüsche gerannt. Habe mich nie wacher gefühlt.«

»Schon gut. Immer mit der Ruhe. Ich hab neulich eine Sendung über Schlafwandler gesehen, verstehen Sie. Haben *Sie* denn einen Samen mit Säge gesehen?«

»Lesen Sie keine Zeitung? Er läuft nachts hier herum und sägt Fahnenstangen ab. Ich hab ihn im Nachbargarten auf frischer Tat ertappt und will ihn fangen. Haben Sie überhaupt jemanden gesehen?«

»Nein, niemanden. Einen Hund, der an den Zaun gepinkelt hat, sonst nichts.«

»Und Sie joggen hier mitten in der Nacht?«

»Ja. Ich kann nicht schlafen, wissen Sie. Mitternachtssonne und so. Das ist eine echte Plage.«

»Ich weiß genau, was Sie meinen.«

Stein schaute sich um, dann rannte er weiter und sprang über einen Zaun in den nächsten Garten.

»Viel Glück!«

Audun bekam keinen Dank zu hören.

Er joggte weiter durch den Park vor der Bibliothek bis zu seinem Auto, das vor dem Altersheim stand, und fuhr nach Hause.

KAPITEL 28

Roy zog den Sicherheitsgurt bis zum Beifahrersitz aus, während er sein Handy ans Ohr hielt. Geir Hilmar hatte vor ungefähr einem Jahr eine Münze in das Gurtschloss am Fahrersitz gesteckt, als Roy ihn nach einem nächtlichen Gelage nach Hause fuhr, und Roy hatte sie nicht wieder herausbekommen.

Leif ging ans Telefon, als Roy zur Sandnes-Brücke abbog, die flach über den spiegelglatten Fjord führte. Im Sommer war der Strand neben der Brücke bunt getupft mit sonnenhungrigen Menschen auf Badehandtüchern, und Kinder planschten mit Eimern und Schippen im eiskalten Wasser. Ein Stück weiter mündete der Sandneselva in den Fjord. Dort ließen sich größere Kinder auf aufblasbaren Krokodilen und Luftmatratzen von den Stromschnellen bis in den Fjord treiben, während ihre Eltern faul am Ufer lagen, die Bäuche einzogen und einander neugierig beäugten. Hier oben sah man seine Nachbarn selten mit nacktem Oberkörper oder im Bikini.

»Ja?«

»Ich bin's, Roy. Ich bin unterwegs nach Neiden. Weißt du, wo Ailo wohnt?«

Roy konnte hören, dass Leif sich irgendwo kratzte. Er antwortete nicht.

»Kratzt du dich etwa am Sack, Leif? Bist du nackt?«

»Das gefällt dir, was? Ja, ich bin gerade aufgestanden.«

»Lass die Finger von dir, wenn du mit mir redest. Weißt du, wo Ailo wohnt?«

»Jetzt fass ich mein Ding an, Roy.«

»Zum Teufel, Leif. Sag mir einfach nur, wo Ailo wohnt.«

»In Øvre Neiden, auf der andern Seite des Flusses. Du musst kurz hinter der Brücke links abbiegen und am Fluss entlangfahren. Er wohnt in einem braunen Haus gleich hinter dem Labahå-Hof.«

Der Labahå-Hof war ein Museumsbauernhof, Roy kannte ihn. Letzten Sommer war er auf einer ziellosen Sonntagstour daran vorbeigefahren, nachdem er in Finnland ein Kilo Lakritz gekauft hatte. Finnisches Lakritz war das Beste auf der Welt, er liebte es. Weich und saftig. Geir Hilmar nannte es »Negerpfirsich«. In seinem ersten Jahr in Kirkenes hatte Roy allen Verwandten in Sunnmøre Lakritz zu Weihnachten geschickt.

»Okay. Zieh dich an.«

Roy legte auf und steckte das Handy quer in die viel zu große Halterung am Armaturenbrett. Sie war in dem Auto gewesen, als er es gekauft hatte, und für Handymodelle Baujahr 1999 gedacht.

Als er nach Kirkenes zog, hatte er einen Citroën BX gehabt. Aber mehr als etwas Schneematsch war er nicht gewohnt, und im ersten Winter rutschte er von der Straße in Pasvik in eine Sauna und demolierte sowohl die Sauna als auch das Auto.

Jetzt fuhr er den Hügel zum Flughafen in einem 89er Opel Kadett hinauf, den er von einer alten Dame in Varangerbotn für 11 000 Kronen gekauft hatte. Er war hellgrau mit einem dunkelgrauen Zierstreifen in der Mitte, und unten an der Karosserie setzten sich weniger dekorative, aber immerhin farbenfrohe Rostplacken optisch ab. Innen war er jedoch gut in Schuss. Auf den Sitzen lagen immer noch die Decken mit

Rautenmuster, die die Vorbesitzerin zum Schutz vor reisekranken Enkelkindern und marmeladengefüllten Keksen ausgebreitet hatte.

Am Flughafen sah er im Vorbeifahren ein Flugzeug auf der Rollbahn. Im Oktober würde *er* an Bord sitzen, dachte er. Vielleicht würde er Langzeiturlaub in Portugal buchen, an der Algarve im Hotel wohnen und Golf spielen lernen. Im Winter waren sechs Monate Ferien gar nicht so teuer. Mitte April würde er nach Kirkenes zurückkehren, braun gebrannt und weltgewandt mit portugiesischen Redewendungen angeben und vielleicht das Haus etwas renovieren, bevor Samenland wieder eröffnete. Der Plan gefiel ihm.

Vielleicht würde er dort unten auch ein Buch schreiben. Auf der Veranda sitzen und zusehen, wie die Sonne langsam im Atlantik unterging, mit einem Bier und einem Laptop vor sich. Vielleicht einen Krimi. Über irgendeinen traurigen, müden Ermittler, der trotz seiner vielen Probleme alle Fälle löst, weil er seinen Job mehr liebt als sich selbst und keine Gnade für Verbrecher kennt, obwohl er auch eine weiche, romantische Seite hat.

In der Schule hatte er einmal eine zwei plus für einen Aufsatz über eine Angeltour bekommen. Er wurde laut vorgelesen, und seitdem war er davon überzeugt, dass er auch ein gutes Buch schreiben könnte.

Bevor er die Passhöhe erreichte und zum Munkfjord hinabfuhr, schaute er in den Rückspiegel und sah das Flugzeug starten.

Er hielt an einem Parkplatz an, von dem man den gesamten Fjord überblicken konnte. Eine ganze Weile war er mit dreißig Stundenkilometern über die Landstraße geschlichen und hatte eine Schlange aus sechs Autos provoziert, weil er einen Seeadler beobachtete, der in der milden Brise schwebte, sich aber bei näherem Hinsehen als Möwe entpuppte.

Die Fjordküste war voller kleiner, idyllischer Sandbuchten mit halb verfallenen Bootsschuppen, die viele Jahre lang dem harten Klima getrotzt hatten.

In der Finnmark hatten alle Hütten. Hütten und Schneemobile. Ein Schneemobil wollte er nie haben, weil er Schnee hasste. Warum sollte er auf einer Maschine, die ihn ständig abwerfen würde, meilenweit über öde weiße Hochebenen rasen? Im ersten Winter in Kirkenes hatten ihn Kollegen auf eine Hüttentour am Jarfjordfjell mitgenommen. Nach zwei Kästen Bier wollten sie zu einer anderen Hütte fahren, um zu sehen, ob jemand dort war. Roy hatte ganz hinten auf dem Schneemobil gesessen, das einfach nicht für drei betrunkene Personen gebaut war. In der ersten Kurve war er abgeworfen worden und hatte sich das Steißbein verstaucht. Seitdem hatte er nie wieder ein Schneemobil bestiegen.

Aber eine Hütte hatte er sich schon immer gewünscht, und an diesem Fjord waren sie perfekt. Besonders die mit den drei Außengebäuden, Sauna, Bootshaus und einem ebenen Fußballrasen direkt am Strand. Es war hart, die E6 hier entlangzufahren, denn diese Hütten waren begehrt und die Preise in den letzten Jahren kräftig gestiegen. Selbst wenn der seltene Fall eintrat, dass eine von ihnen zum Verkauf stand, er hätte sie sich nicht leisten können.

Aber das könnte sich bald ändern, wenn Samenland ein Erfolg wurde.

Er startete den Motor und ließ ein deutsches Wohnmobil vorbeifahren, nur um den elenden Wohnmobiltrottel gleich danach durch ein gewagtes Überholmanöver zu demütigen. Dann fuhr er weiter am Fjord entlang und über Bordavarra nach Neiden.

Roy parkte auf dem Hofplatz zwischen dem Wohnwagen und einem Schneemobil, das unter einer Birke stand und rostete.

»Hei, Ailo.«

Ailo setzte sich eine Schirmmütze auf und kam aus dem Wohnwagen. Er antwortete nicht. Roy zeigte auf einen Stapel Rentierfelle, der unter einem Wellblechdach an der Schuppenwand lag.

»Was willst du für die Felle haben?«

»700 das Stück. Falls du feilschen willst, kannst du dich gleich zum Teufel scheren. Wie geht es meinen Rentieren?«

»Gut. Sie sehen glücklich aus.«

Ailo schnippte die Asche von seiner Zigarette. Sie standen so nah beieinander, dass sie auf Roys Schuhspitze landete.

»Glücklich? Wie zum Teufel willst du *sehen*, ob ein Rentier glücklich ist? Ich lebe seit meiner Geburt mit Rentieren zusammen und habe noch nie gesehen, ob sie glücklich oder unglücklich sind. Sie haben keinen Gesichtsausdruck. Sie fressen, röhren, rennen und scheißen, und glotzen bei allem gleich blöd aus der Wäsche. Man muss *wissen*, ob Rentiere glücklich sind. Dass es ihnen gut geht. Indem man sie richtig behandelt. Wenn ihr ihnen irgendetwas antut, sie quält oder ausnutzt, dann reiß ich euch die Eier ab.«

Roy scharrte mit dem Fuß.

»Ja, sie glotzen viel. Kann ich zehn Felle kaufen?«

»Nimm sie dir. 7000 Kronen.«

Ailo musterte Roy, der die Felle ins Auto trug.

»Irgendwann komm ich nach den Tieren schauen.«

KAPITEL 29

Leif ging zwischen den niedrigen, viereckigen Gebäuden der Dr. Wessels Gate durch, ohne auf die Schaufenster zu achten. Die Straße war schon seit Langem Fußgängerzone. Zwischen Bibliothek und Bank bog er rechts auf den Marktplatz ab. Das kleine Asphaltviereck mit dem Springbrunnen vor dem Arctic Rica Hotel war nur einmal im Monat belebt, wenn russische Marktverkäufer ihre Tische aufstellten und alles von feinstem Kristallglas bis zu Second-Hand-Kleidern und falschen sowjetischen Souvenirs anboten.

In den chaotischen Jahren nach dem Fall der Sowjetunion konnte man noch echte Militärausrüstung kaufen. Sowjetische Nachtsichtgeräte von hoher Qualität, Medaillen und komplette Uniformen aller Waffengattungen. Aber heute waren die meisten Ferngläser, die dort verkauft wurden, in Taiwan hergestellt.

Leif überquerte den Platz und winkte der Frau an der Rezeption des Hotels zu. Er ging an dem kleinen Park neben dem Hotel vorbei und bog dann nach links, bis sich das Kulturzentrum Malmklang vor ihm auftürmte.

Das Haus war vor dem Krieg von der Grubengesellschaft Syd-Varanger gebaut worden und 1944 bei einem sowjetischen Bombenangriff abgebrannt. Seit dem Wiederaufbau war es Veranstaltungsort für Theater, Revue, Konzerte und Volksversammlungen, bis es 2005 erneut brannte. Die Renovierung war noch im Gang.

Die Eingangstür war verschlossen. Leif zog das Handy aus der Tasche und wählte Gerds Nummer. Er wusste, dass sich im Requisitenfundus Samentrachten befanden und hatte sich unter dem Vorwand, dass er an einer Revue arbeitete, mit ihr verabredet. Er wollte ihr schmeicheln und so tun, als bräuchte er ihren Rat.

»Hei, Gerd. Ja, ich stehe draußen. Wo bist du?«

Eine Gestalt tauchte hinter der Tür auf und ließ ihn herein.

»Hei, Leif.«

Leif hatte Gerd seit Langem nicht gesehen. Sie trug ein oranges Handtuch auf dem Kopf, und ihr fülliger Körper steckte in einem tutuähnlichen Kleid, das mit lila und gelben Straußen bedruckt war. Gerd schloss die Tür hinter ihnen, und sie gingen in den Bühnensaal, an dessen Wänden Gerüste und Farbeimer standen. Sie setzten sich an einen kleinen Tisch, an dem die Handwerker immer Mittagspause machten. Sie strich sich durch die Haare und legte eine lange schwarze Locke hinter dem Ohr zurecht.

»Lange nicht gesehen, Leif. Was treibst du so?«

»Nichts Besonderes. Ich trage Post aus. Du siehst gut aus, Gerd.«

Er log.

Vor zwanzig Jahren hätte er recht gehabt. Sie war eine Verführerin mit langem, kohlrabenschwarzem Haar und üppigen Kurven gewesen. Wie eine Zigeunerkönigin. Auch jetzt benahm sie sich, als wäre sie noch immer eine unwiderstehliche Schönheit. Mit einem unerschütterlichen Selbstvertrauen, das durch die unablässige Aufmerksamkeit der Männer genährt worden war. Jetzt aber war sie runzlig und verbraucht und hatte Übergewicht. Sie war 51, sah aber wie mindestens sechzig aus, wahrscheinlich wegen einer Überdosis Naturkosmetik und zu viel Hasch in den Siebzigern.

»Du siehst auch nicht schlecht aus, Leif.«

Leif bemerkte, dass sie keinerlei Anstalten machte, ihr Kleid glatt zu ziehen, das beim Hinsetzen hochgerutscht war. Ihre halb nackten Beine lagen wie zwei ausgeleierte Sakkotaschen vor Leif.

»Worum geht es in deinem Stück?«

»Was?«

»Deine Revue. An der du arbeitest. Wovon handelt sie?«

»Ach so, die Revue, ja. Natürlich. Sie handelt von einem aus Südnorwegen, der zum ersten Mal nach Kirkenes kommt. Sozusagen die Sicht der anderen auf uns Finnmarkinger. Humoristisch. Bestimmt werden sich einige wiedererkennen. Wird lustig. Polarnacht und vielleicht ein komischer, misslungener Selbstmordversuch. Mack-Bier und Möweneier und so weiter.«

»Selbstmord? Ist das eine gute Idee? Die meisten Zuschauer kennen doch einen, der Selbstmord begangen hat. Du weißt doch, wie hoch die Selbstmordrate hier im Winter ist. Damit ist nicht zu scherzen.«

»Du hast recht, ich glaube, ich lasse den Selbstmord weg. Hab mir gleich gedacht, dass du die Richtige bist, um sich ein paar Ratschläge zu holen. Du hast einfach mehr Erfahrung, Gerd. Was ist mit Eisfischen? Oder Erfrierungen? Vielleicht Sex im Freien im Winter, mit Erfrierung am Schwanz? Was meinst du?«

»Sex ist immer gut, Leif. Immer. Alle lieben Sex. Es darf bloß nicht zu banal werden. Aber Sex ist gut.«

Gerd bürstete sich unsichtbaren Staub von den Beinen.

Leif räusperte sich.

»Und vielleicht was mit Schneefräsen. Eine verrückte Schneefräse, die sprechen kann. Die den ganzen verdammten Schnee satt hat und zum Rasenmäher umoperiert werden möchte.«

»Ich weiß nicht, Leif. Sprechende Schneefräsen?«

»Warum nicht? Eine freche, kleine Schneefräse, die schweinische Witze erzählt und den Frauen hinterherpfeift? ›Die würd' ich gern mal fräsen!‹ und so.«

»Leif, ich glaube nicht, dass das ankommt. Würdest du darüber lachen? Wenn du Zuschauer wärst und dir eine Schneefräse schweinische Witze erzählt?«

Er hob einen Kreuzschraubenzieher vom Boden auf und spielte damit.

»Hmm, vielleicht nicht.«

»Ich glaube, es könnte was werden, wenn du dich auf die Finnmark-Stereotypien konzentrierst und sie ein bisschen überspitzt, sodass das Publikum eine übertriebene Version von sich selbst zu sehen bekommt. Das könnte gut ankommen.«

»Du meinst, wenn zum Beispiel ein Typ die ganze Zeit über die Bühne läuft, Mack-Bier trinkt und ›Pferdepimmel‹ ruft. Als eine Art Running Gag?«

»Ja, so ungefähr.«

Gerd zog die Sandalen aus, legte mit großer Anstrengung einen Fuß über das andere Bein und massierte ihn. Ihr Kleid rutschte noch höher, und Leif versuchte, sich auf eine leere Fantaflasche zu konzentrieren, die hinter ihr am Bühnenrand stand.

»Müde Füße. Bin den ganzen Tag herumgelaufen, weißt du.«

»Ja.«

»Wie weit bist du eigentlich mit der Revue?«

»Im Grunde ist alles noch im Planungsstadium. Ich hab ein paar Sketche konzipiert.«

»Hast du mit anderen Schauspielern geredet?«

»Nein, noch nicht. Glaubst du, es wird schwierig, Leute zu finden?«

»Nein, bestimmt nicht. Revue ist doch einfach nur ein Riesenspaß. Alle lieben Revue.«

Leif nickte. Nicht alle liebten Revue. Roy hasste Revue. Er hasste auch Theater. Fand, es sei eine antiquierte Form der Unterhaltung. Und dafür sei es ja ursprünglich gedacht, meinte er. Zur Unterhaltung. Aber mittlerweile sei es eine Kunstform. Und wenn man dann irgendwann dreidimensional fernsehen könnte, würden auch Showmaster und Nachrichtensprecher Künstler werden, mit soliden staatlichen Subventionen, denn nur ein Bruchteil der Bevölkerung würde sie sich weiterhin ansehen. Zumindest war das Roys Ansicht.

Leifs früheres Interesse fürs Theater beruhte vor allem auf dem Gerücht, dass Schauspielerinnen besonders freizügig seien.

In seiner jetzigen Situation allerdings war diese Freizügigkeit eine Bedrohung.

Gerd wechselte langsam den Fuß und massierte weiter.

»Wie geht's dir sonst so? Hast du Auftritte?«

»Nein, eher wenige. Das letzte Mal vor zwei Monaten in Nesseby.«

Er witterte eine Chance, das Gespräch von den angeblichen Revueplänen auf die Samentrachten zu leiten.

»War ziemlich wenig Zeit für Auftritte. Ich habe nämlich noch ein spannendes Projekt am Laufen.«

»Ach ja?«

»Ja. Ich hab doch oben in Pasvik ein Grundstück. Dort wollen wir ein Erlebniszentrum für Touristen eröffnen, wo sie einen Tag und eine Nacht wie echte Samen leben können. Mit Rentieren, Lassowerfen, traditionellem samischen Essen und allem Drum und Dran.«

»Wirklich? Das hört sich ja phantastisch an, Leif. Braucht ihr einen, der joiken kann? Ich kenne ein paar gute Joiker.«

Es stimmte, die Besucher würden auf jeden Fall erwarten, dass gejoikt wurde. Der Gedanke machte ihn nervös, aber er verdrängte ihn bis auf Weiteres. Erst wollte er sich um die Kostüme kümmern.

»Danke, wir haben schon für Joik gesorgt. Es wird saugut.«

»Das klingt echt spannend, Leif. Da freu ich mich drauf. Wenn ich irgendwie helfen kann ...?«

Jackpot.

»Jetzt, wo du es sagst: Eigentlich bräuchten wir noch ein paar Samentrachten, damit die Touristen sich ihrer eigenen Kultur entledigen können, wenn sie nach Samenland kommen, und das Samische ganz authentisch erleben. Habt ihr nicht noch welche im Requisitenfundus?«

»Ja, das haben wir. Schön, wenn man einander helfen kann, nicht wahr, Leif?«

Sie grinste ihn schelmisch an und ließ die Zunge langsam über die aufgedunsenen, blutarmen Lippen gleiten. Dann stand sie auf, zog ihr Kleid bis über die Taille hoch, beugte sich über den Tisch und umfasste ihn an den Kanten.

Ihr weißer Hintern hing wie eine Backpflaume vor ihm, die mit einem stumpfen Messer in der Mitte zerteilt war. Darüber verzweigten sich dünne blaue Adern zu einem absurden Kunstwerk. Er stand auf, ließ die Jeans herunter und schloss die Augen. In Gedanken konzentrierte er sich auf die leere Fantaflasche.

»Erst hier, Leif.«

Ihre Stimme war heiser vor Lust.

»Erst hier, und dann auf der Bühne. Ich habe ein Eselskostüm, das dir bestimmt steht.«

Leif fluchte innerlich und schwor sich, dass Roy auf ewig für das büßen würde, das ihm bevorstand, falls Samenland kein Erfolg werden sollte.

KAPITEL 30

»Im Netz gezappelt?«

»Ja, wie ein Fisch, weißt du. Makrele oder Schellfisch, oder Petermännchen, wenn wir schon beim Thema sind.«

»Sah sie wie ein Fisch aus?« Roy stellte sich eine Frau mit Fischkopf vor.

»Nein, aber wenn ein Fisch zu lange im Netz zappelt, wird er hässlich davon.«

»Sie war also hässlich?«

»Hässlich wie die Nacht, Roy. Ich hatte zehn Breezer getrunken, als sie zu mir kam. Ich stand an der Bar neben einem deprimierten Typen aus Somalia, der mir seine Leidensgeschichte erzählte. Schlimmer als die Tagesschau. Ich stand da und nickte, und der Typ fing fast an zu heulen. Er hat mir leidgetan, aber ich gebe doch nicht 500 Kronen für Alkopops aus, um mir traurige Lebensgeschichten anzuhören. Da hätte ich auch in die Kneipe gehen können. Als sie dann kam und ›Hei‹ sagte, ergriff ich die Chance. Ich tat, als ob ich sie kannte und sagte ›Hei, ist es schon so spät? Wir müssen los.‹ Dann nahm ich sie in den Arm, steckte ihr kurz die Zunge in den Hals und zog sie nach draußen. Sie fragte, ob ich mit zu ihr kommen wollte, aber ich ließ sie stehen. Ich konnte einfach nicht, sie war so hässlich. Sie ist stinksauer abgezogen, und ich hab mir an der Tankstelle ein Würstchen geholt. Zwei Tage später war ich mit Geir Hilmar im Rema einkaufen, und da stand eine total schöne Frau an der Brotschneidemaschine. Eine blonde Göttin. Ich habe sie Geir Hilmar gezeigt, und der hat nur den Kopf geschüttelt und gefragt, was mit mir los sei. Ich hab's nicht kapiert, und da sagte er: ›Das ist die Frau, die dich am Samstag abschleppen wollte, und du hast Nein gesagt.‹«

Roy saß auf der Lavvo-Bank und steckte Batterien in den Gettoblaster, der auf seinem Schoß lag.

»Unglaublich.«

»Ja, absolut unglaublich. Das ist was für die Forscher. Falsch rum verdrehter Frauensuffblick. Ich frage mich, wie viele schöne Frauen ich schon beleidigt und zum Teufel geschickt habe? Und umgekehrt frage ich mich, wie die Frauen wirklich aussehen, die ich im Suff abgeschleppt habe. Das ist unheimlich, Roy.«

Roy nickte. Er versuchte, das Batteriefach zu schließen, wobei er versehentlich einen Knopf auf der Vorderseite des Gerätes drückte.

… dass die Seesamen wahrscheinlich großen Anteil daran hatten, dass Olaf der Heilige 1030 in der Schlacht von Stiklestad getötet wurde, sagt der Historiker Steinar Peders …

Roy zuckte vor Schreck zusammen, als das Radio anging, und dabei fiel eine Batterie heraus und kullerte ins platt getrampelte Gras.

Einen Augenblick sah er eine Bande wütender Samen vor sich, die aus ihren Booten stiegen und Olaf den Heiligen mit Samenmessern über das Schlachtfeld jagten, aber Leif brach die Vorstellung ab.

»Du musst die Feder spannen, Roy.« Er zeigte auf die Feder im Batteriefach. »Zieh sie vorsichtig lang, dann halten die Batterien besser.«

»Bist du Batterieprofessor?« Roy schob Leif zur Seite.

»Nein, aber ich …«

»Dann nimm deine Wurstfinger da weg.« Er zog vorsichtig an der Feder, hob die Batterie auf und schaltete das Radio aus, bevor er sie wieder einsetzte. »Ich glaube, jetzt halten sie.«

Roy stand auf, ging zur Feuerstelle in der Mitte des Lavvos und legte die Steine zurecht. »Ich hab zwei Rollen Paketschnur von der Post geklaut. Sollen wir den CD-Spieler bei der Eingangspforte in einen Baum hängen?«

»Ich weiß nicht. Könnte funktionieren. Wenn einer von uns die Fernbedienung bereithält, wenn der andere mit dem Minibus ankommt. Aber dann wären die Lautsprecher nicht auf Samenland gerichtet, und der Joik wäre zu leise. Ich habe es mir so vorgestellt, dass der Joik immer im Hintergrund läuft und die Touristen ihn in ganz Samenland hören. Ein alles umfassender Samen-Sound, sozusagen.«

»Aber dann wäre das Gejoike direkt unter dem CD-Spieler ganz schön laut, und drüben bei den Rentieren zu leise.« Roy schlug das Rentierfell am Eingang des Lavvos zur Seite. Leif folgte ihm nach draußen und hob den Blick in die Baumkronen.

»Joik-Dusche. Wir können es Joik-Dusche nennen, oder nicht? Wie in Gardermoen. Dort gibt es Hörduschen, wo man sich drunterstellen kann. Oder Geisterdusche?«

»Joik-Dusche? Du lieber Gott!« Roy schüttelte den Kopf. »Das soll doch authentisch werden. Glaubst du, die Samen sind damals zum Joiken in die Bäume geklettert? Und dann haben sich die anderen unter die Bäume gestellt, um eine Joik-Dusche zu nehmen?«

»Vielleicht doch lieber nicht. Aber wenn wir den Gettoblaster so hoch wie möglich hängen, werden die Geräusche besser verteilt.«

»Ja, lass uns das versuchen.« Roy schaute zum zweiten Lavvo und dem Gehege hinüber. »Sieht schon richtig gut aus, oder? Ist gar nicht mehr so viel zu tun. Wie weit sind wir mit dem Marketing?«

»Habe heute Morgen einen Stapel Broschüren bei der Nor Lines am Hurtigrutenkai ausgelegt. Die Touristen gehen immer zuerst da rein, um nach dem Weg ins Zentrum zu fragen. Außerdem habe ich welche im Café und bei Cubus an der Kasse ausgelegt.«

»Gut. Was ist mit dem Schnaps?«

Leif zog eine Tüte Weingummi aus der Tasche. »Morgen früh treffe ich einen Russen namens Andrej auf dem Trawler Georgiewsk. Er verkauft Wodka. Geir Hilmars Neffe aus Tana hat mir den Tipp gegeben.« Er steckte eine lila Weingummi-Schildkröte mit Melonengeschmack in den Mund.

»Angeblich verteilt er auch gern mal Kopfstöße.«

KAPITEL 31

Leif parkte ganz außen am Dypvannskai, wenige Hundert Meter von den vier rostigen russischen Trawlern entfernt. Er kletterte die scheppernde Gangway hinauf, die bei jedem Schritt auf und ab schwang, und lief zwischen schweren Netzen und ölverschmierten Tauen über das Deck.

Wenn Russen etwas wegwarfen, war es wirklich nicht mehr zu gebrauchen. Sie hoben kaputte Ausrüstung und Maschinen als Ersatzteillager für andere Maschinen auf, eine Kunst, die in westlichen Ländern verloren gegangen war. Leif hatte oft von Land aus bewundert, wie sie an den Schiffen und Apparaten herumschraubten und schweißten und Gegenständen neues Leben einhauchten, die auf norwegischen Schiffen längst im Müll gelandet wären. Sie hatten eine Würde, um die Leif sie beneidete.

Er war schon öfter an Bord russischer Trawler gewesen und kannte sich aus. Er öffnete eine schwere Metalltür mit zwei trägen Riegeln und ging durch den schmalen Korridor zwischen den engen Zweierkojen, an dessen Ende die Kapitänskajüte lag.

An den hellbraunen Wänden hingen Notfallinstruktionen und Bilder anderer Schiffe der Reederei, als diese nagelneu aus der Werft verabschiedet wurden.

Er fragte einen Seemann, der aus einer Koje kam: »Andrej? Where is Andrej?«

Der Mann deutete auf eine Koje drei Türen weiter.

»Spasibo.«

Leif klopfte an. Die obere Gesichtshälfte des Mannes, der ihm öffnete, blieb hinter dem rostigen Metall über der Tür verborgen. Jetzt bückte er sich und streckte den Kopf hinaus. Er war riesengroß. Lockige Haare gingen in einen dichten, ungepflegten Bart über und rahmten ein Gesicht von der Größe eines Woks ein. Goldzähne glänzten hinter der Zigarette, die von der Unterlippe hing. Er erinnerte Leif an einen Bond-Schurken.

»Yes?«

Leif fühlte sich winzig. »Yes, I am Leif. I want to buy vodka.«

Andrej grinste. »Come in.«

Sie setzten sich an einen klitzekleinen runden Tisch. Zwischen dem Etagenbett auf der einen und den Kleiderschränken auf der anderen Seite war kaum Platz für die Hocker, auf denen sie saßen. Farbe blätterte von den Rohren, die an der niedrigen Decke quer durch die Koje verliefen, und auch die Wände waren seit Jahren nicht mehr gestrichen worden. Aber es war sauber und ordentlich. Andrej stellte eine Schüssel Kekse auf den Tisch und sah ihn an. »Tea?«

»Yes, thank you.«

Die Russen sind in allen Häfen der Welt als die härtesten Seeleute bekannt. Sie trinken hartes Zeug und schlagen hart zu. Und sie lieben Tee und süße Kekse. Andrej stellte eine Blechdose voller Teebeutel und eine Schale Zuckerwürfel auf den Tisch und schaltete den Wasserkocher ein. Von beiden Seiten des Bullauges, durch das man auf das Meer hätte blicken können, wenn es außen nicht so schmutzig gewesen wäre, zogen sich rostbraune Streifen nach unten. Sie vereinten sich zu einem V, und wo sie zusammenliefen, hing eine aufgeschnittene Plastikflasche an der Wand, die das Kondenswasser auffing.

»Do you have vodka?« Leif nahm einen Keks aus der Schüssel.

Andrej holte zwei Porzellantassen aus einem Schrank hinter sich und stellte sie auf den Tisch. Er antwortete nicht, ging aber auf den Korridor und rief etwas auf Russisch. Dann setzte er sich wieder. Sie rührten groben Zucker in den Tee und tranken eine Weile schweigend. Leif dachte, er müsse etwas sagen.

»Lovely cracker.«

Andrej sah ihn mit dunklen Augen an.

»What you call me?«

Leif schüttelte den Kopf. Kekskrümel fielen ihm aus dem Mund.

»No, no! I did not … I mean nice biscuit. Lovely biscu…«

Zwei behaarte, kräftige Hände schnellten vor, warfen die Zuckerschale um, packten Leif am Kragen und zogen ihn über den Tisch. Andrej kam mit seiner Stirn Leif bedrohlich nah.

»Fucker. I will fuck you out, like cockroach!« Er hob die Faust und schlug auf den Tisch, sodass auch die Keksschale umfiel.

»No, no!« Leif schüttelte den Kopf, und Schweißperlen flogen in alle Richtungen. »No, no, no! I mean that the cracker was good. Good taste!« Er bekam einen Keks zu fassen und hob ihn vorsichtig hoch. »This is good. The cracker. The cracker, zum Teufel!«

Und gerade als Leif sich sicher war, durch einen Kopfstoß ins Jenseits befördert zu werden, ließ Andrej seinen Kragen los und lehnte sich zurück. Er lachte. »The cracker. The cracker, you Norway fucker. My crackers are good!«

Leif schob sich vom Tisch auf den Stuhl zurück. Er versuchte zu lachen, schaffte es aber nicht. Seine Halsmuskeln waren verwirrt, sie konnten nicht so schnell von Todesangst auf Humor umschalten.

Ein Matrose in schwarzen Trainingshosen und zerrissenem Flanellhemd kam mit einem Pappkarton voll Wodkaflaschen herein. Leif nickte.

»How much?«

Andrej sah ihn an und kratzte sich an einer Tätowierung am Unterarm.

»One thousand.«

»Too much. Six hundred.«

»Do you fuck me? One thousand.«

»Okay. Seven hundred.«

»One thousand.«

»Eight hundred.«

»One thousand.«

Leif stand auf und zog einen zerknitterten Tausender aus der Hosentasche. »Okay. One thousand.«

Er drückte Andrej die Hand und gab ihm den Schein. Dann verließ er mit dem Pappkarton unterm Arm die Koje. Der Inhalt der Flaschen war trüb, und die Korken sahen selbst gemacht aus. Aber die Freude, nicht von einem Kopfstoß dahingerafft in der Koje eines russischen Trawlers zu liegen, war größer als die Sorge darüber, was sich in Wirklichkeit in den Flaschen befand.

Die Touristen würden sowieso nichts merken. Roy und er würden das Zeug ja noch mit Wacholderbeeren und roter Konditorfarbe mischen.

KAPITEL 32

»Da drüben, Roy! Hinter den Bäumen!«

»Das ist ein Stein, du Idiot.«

»Nein, sieh doch, es bewegt sich!«

Sie standen auf einer Lichtung im Wald und spähten in die Richtung, wo sich vor wenigen Augenblicken ein Rentier im Gebüsch zwischen zwei hohen Kiefern gezeigt hatte.

Roy und Leif hatten Mittagspause gemacht und in der Bäckerei belegte Baguettes gegessen. Als sie zurückkamen, war das Rentiergehege leer. Sie hatten das Gatter nicht ordentlich geschlossen, und die Tiere waren in den Wald abgehauen.

In fünf Tagen würden sie die ersten Gäste empfangen, und ohne Rentiere hätte Samenland nicht viel mehr zu bieten als zwei als Samen verkleidete Männer, die Rentiersuppe und Wodka servierten. Und sie hatten schon die Sør-Varanger Zeitung zur Eröffnung eingeladen.

Außerdem würde Ailo mit seinem Samenmesser Gulasch aus ihnen machen, wenn er herausfand, dass seine Rentiere verschwunden waren.

Leif stürzte mit einem Lasso bewaffnet los, aber seine hektischen Bewegungen und sein lautes Getrampel scheuchten die Rentiere bloß tiefer in den Wald.

»Verdammte Scheiße!«

Er trottete zu Roy zurück, der den Kopf schüttelte.

»Vielleicht probieren wir beim nächsten Mal meine Methode, was?«

Immerhin waren sie in den letzten fünf Stunden viermal ganz nah an die Tiere herangekommen. Sie waren erschöpft. Die Gegend war moorig und schwer zugänglich, ihre Schuhe waren durchweicht und sie hatten Blasen an den Füßen.

»Glaubst du wirklich, dass du dich an ein Rentier anschleichen kannst?«

»Ja.«

»Hast du überhaupt eine Ahnung, wie gut ihr Geruchssinn ist?«

»Nein, aber ich werde mich gegen den Wind anpirschen.«

»Vielleicht sollten wir sie mit Futter anlocken?«

»Hast du Futter?«

»Nein. Ich hab ein Päckchen Kaugummi.«

Sie gingen in die Richtung, in die die Rentiere gerannt waren, und etwa eine halbe Stunde später entdeckten sie die Tiere. Sie standen neben einem großen Stein und ästen. Leif wollte etwas sagen, aber Roy hob den Zeigefinger an die Lippen und flüsterte.

»Jetzt bin ich dran.«

Er nahm Leif das Lasso aus der Hand, legte sich flach auf den Boden und signalisierte Leif, dass er dasselbe tun sollte. Dann kroch er langsam auf die Tiere zu, die ungefähr hundert Meter von ihnen entfernt waren. Kleine Spinnen flüchteten erschrocken zur Seite, während er sich Zentimeter für Zentimeter durch die Blaubeerbüsche schob, die ihm das Gesicht zerkratzten. Leif blieb liegen und beobachtete das Geschehen. Roy bewegte sich langsam. Schrecklich langsam. Aber Leif wollte die Gelegenheit nutzen und sich ein Weilchen ausruhen, darum hatte er nichts gegen Roys Pirsch einzuwenden.

Nach 35 Minuten war Roy in Wurfreichweite. Er hatte jedes Gefühl in Ellbogen und Knien verloren, aber als er aufhörte zu kriechen, kam es in Form stechender Schmerzen zurück.

Er ging in Stellung und legte das Seil vor sich auf den Boden. In der Aufregung hatten sie vergessen, eine Schlinge zu knüpfen. Sowieso wusste keiner von ihnen, wie man einen Lassoknoten band, sie hatten es bloß nicht zugegeben. Roy formte eine Schlinge und band einen Altweiberknoten. Er wollte sich gerade zu Leif umdrehen und den Daumen in die Luft strecken, als eine Bremse auf seinem Handgelenk landete. Er sprang auf und fuchtelte wild mit den Armen. Er hasste Bremsen, sie waren hässlich und es tat weh, wenn sie einen bissen.

Die Rentiere waren verschwunden, ehe er sich umdrehen konnte. Leif streckte den Daumen in die Luft und schüttelte den Kopf.

»Komm, wir gehen heim.«

Roy ging zu ihm.

»Da war eine Bremse, Leif. Eine fette, verdammte Bremse.«

»Und du bist ein fettes, verdammtes Weichei.«

Es war nach Mitternacht. Schweigend gingen sie nebeneinander zurück nach Samenland. Die Mitternachtssonne hüllte den Wald in einen warmen goldenen Glanz, obwohl sie keine Wärme ausstrahlte. Roy und Leif grauste es vor dem nächsten Tag.

Ailo Ballo konnte jederzeit auftauchen.

KAPITEL 33

Es platschte unter Roys Joggingschuhen, als er durch die Pfützen auf dem Gehweg zum Kirkenes Einkaufszentrum stapfte. Er hatte einen Arzttermin. Das Ärztezentrum befand sich im zweiten Stock. Alle paar Minuten steckte ein Arzt den Kopf in das viereckige Wartezimmer und rief den nächsten Patienten auf, während ein Radioprogramm so leise aus dem Lautsprecher in der Decke säuselte, dass die muntere Stimme des Ansagers zu einem monotonen Murmeln verkam. Hier musste man keine Entschuldigungen fabrizieren. Vor ein paar Wochen hatte er nackt am Küchentisch gesessen und ein Knäckebrot mit Salami gegessen, als er in der Kniekehle einen Leberfleck entdeckte. Er war so groß wie eine Rosine, hatte einen kantigen Umriss und variierte von dunkelbraun in der Mitte bis hellbraun am Rand. Und weil er vor Kurzem eine Sendung über einen sterbenden Krebspatienten gesehen hatte, hatte er sofort im Ärztezentrum angerufen und einen Termin vereinbart.

Er war tief in Gedanken an den Krebspatienten versunken, als er bei Dagfinn Hansens Büromaschinen die Straße überquerte und von einem Fahrrad mit rasender Geschwindigkeit umgemäht wurde.

Torhild war auf dem Weg zur Arbeit und schon eine Stunde zu spät. Sie hatte sich am Abend zuvor einen Film über eine Familie angesehen, die gegen jede Chance auch nach mehrmaligem Ehebruch und der Entlarvung der Tochter als Bankräuberin zusammenhielt, und sie war erst gegen drei Uhr eingeschlafen.

Sie lebte in einer Mietwohnung im ersten Stock im Toppenveien. Von ihrem Fenster hatte sie Aussicht über ganz Kirkenes und den Bøkfjord, wo jeden Morgen um zehn die Hurtigrute einlief.

Von Solheimslia den Berg hinunter hatte sie kräftig Fahrt bekommen. Sie rollte an der Shell-Tankstelle vorbei, ohne die Handwerker zu beachten, die in Arbeitsoveralls dort saßen und Grillwürstchen mit Kartoffelsalat in sich hineinstopften. Auch den Mann, der vor ihr auf die Straße trat, sah sie nicht. Sie raste seitlich in ihn hinein und fiel vom Fahrrad.

»Bist du in Ordnung?«

Sie beugte sich über Roy und hielt sich das Knie. Die Hose war zerrissen und die Haut aufgeschürft.

Roy lag mit dem Gesicht auf dem nassen Asphalt und drehte sich um. Er erkannte, wer über ihm stand, stieß einen kurzen Schmerzensschrei aus, als er sich aufrichten wollte, und ließ sich wieder fallen.

»Hallo, Torhild? Ich weiß nicht, es tut verdammt weh, wenn ich die Hüfte bewege.«

Er deutete auf die Stelle. Die Autofahrer machten einen Bogen um sie, und in der Gegenrichtung bildete sich ein Stau. Die Fahrer glotzten neugierig, aber keiner hielt an oder kurbelte die Scheibe herunter, um zu fragen, was passiert war.

»Wo ist der Idiot auf dem Fahrrad hin? Verdammter, blöder Idiot. Man sollte Fahrradfahren lernen, bevor man sich auf eins draufsetzt, oder? Ist er abgehauen?«

»Ich war das.«

»Was?«

»Auf dem Fahrrad. Ich hab dich umgefahren.«

»Oh.«

Sie stand so dicht bei ihm, dass Regentropfen aus ihren Haaren sich mit dem Blut der Schürfwunde auf seiner Stirn vermischten und ihm ins Auge rannen. Er musste blinzeln.

»Du warst das? Ich wollte dich nicht …«

Sie lachte und stützte sich am Boden auf, weil ihr Knie wehtat.

»Das macht nichts. Ich hab's verdient. Ich bin wie ein Idiot gefahren.«

»Nein. Ich bin einfach auf die Straße gerannt wie ein Idiot.«

Sie lachte und setzte sich neben ihn. Ihre hellblauen Jeans wurden dunkel auf dem nassen Asphalt. Ein warmer Schauer lief ihm über den Rücken. Er hatte sie wieder zum Lachen gebracht.

»Aber was ist mit deinem Knie? Sieht böse aus.«

»Ich muss wohl zum Arzt damit. Aber sieh dich bloß an. O Mann, es tut mir so leid.« Sie streckte die Hand aus und strich ihm vorsichtig die Haare aus der blutigen Stirn. In den wenigen Sekunden dieser Berührung verpufften die Monate von unerfüllter Liebe und vergeblicher Hoffnung, und ein warmes Gefühl breitete sich in ihm aus. Alles würde gut werden.

Er zog das Handy aus der Jackentasche und rief Leif an.

»Leif, ich hatte einen Unfall. Kannst du zum Einkaufszentrum kommen und Torhild und mich ins Krankenhaus fahren? Ja, Torhild. Nein. Komm einfach.«

Sie schleppten sich auf den Gehweg und lehnten sich gegen die Mauer von Dagfinn Hansens Büromaschinen. Gegenüber hing die große Tafel mit den Namen aller im Einkaufszentrum vertretenen Geschäfte. Hohe Mieten und der begrenzte Markt führten dazu, dass der arme Hausmeister alle paar Wochen auf die Leiter steigen und Schilder austauschen musste, weil ein Geschäft, das mit überschäumendem Optimismus eröffnet worden war, die Pforten wieder schloss.

Roy sah sie an. »Jetzt könnten wir Ulf gebrauchen, was?«

»Ja. Oder auch nicht. Er hätte bestimmt gleich mit Mund-zu-Mund-Beatmung angefangen.«

Beide lachten, und es hörte auf zu regnen.

Dann kam er auf den peinlichen Abend im Ritz. »Tut mir leid, was neulich im Ritz passiert ist.«

»Was meinst du?«

»Den Vortrag übers Popeln.«

Sie lachte und schüttelte den Kopf. »Ach, vergiss es. Im Grunde hast du recht. Popeln *ist* das dümmste Tabu der Gesellschaft.«

Jemand hatte ihr Fahrrad auf den Gehweg gezogen. Es hatte den Zusammenstoß offenbar heil überstanden. Roy dachte einen Augenblick nach. Sollte er sie fragen oder nicht? Eine solche Chance würde er nie wieder bekommen.

»Torhild, ich habe zusammen mit einem Freund ein Erlebniszentrum für Touristen in Pasvik aufgebaut, und wir werden es bald eröffnen. Die Touristen können dort eine Nacht und einen Tag lang wie echte Samen leben, Lasso werfen, Rentiere füttern und sich authentisch kostümieren. Wir haben Lavvos aufgestellt und ein Rentiergehege gebaut.«

»Jesses, du bist das? Ich hab gehört, dass jemand so einen Park aufmacht, aber ich wusste nicht, dass du das bist. Arbeitest du nicht bei der Post?«

»Nein, da habe ich aufgehört, um Samenland zu eröffnen.«

Sie lachte.

»Samenland?«

»Ja, Samenland.«

»Heißt es wirklich Samenland?«

»Ja.«

»Unglaublich.«

Roy wusste nicht, ob sie imponiert war oder es lustig fand.

»Ja, das wird gut. Aber in der Startphase brauchen wir jemanden von außen, der uns ein bisschen Feedback geben kann, damit wir das Samenerlebnis optimieren können.«

Sie lachte wieder und sah ihn an.

»Das Samenerlebnis optimieren?«

»Ja, und ich habe mich gefragt, ob du uns vielleicht ein bisschen helfen könntest. Du bist ja nicht von hier, du kannst uns eine echte Touristenperspektive geben.«

»Klar, warum nicht?«

»Komm doch mal vorbei, dann zeige ich dir das Programm, tische dir einen Rentiereintopf auf und alles. Wir haben sogar einen eigenen Schamanen. Ich kann ihn anrufen, er macht eine spirituelle Séance nur für dich.«

Sie schaute zum Einkaufszentrum, wo Leute mit leeren Händen hineinströmten und mit bunten Plastiktüten herauskamen.

»Hört sich lustig an.«

Sie lachte ihr herrliches Lachen, sah ihn an und zog eine kleine Grimasse. Er war sich unsicher, ob das eine Antwort war oder nicht und wollte gerade einen Termin vorschlagen, als es hinter ihnen hupte.

Leif parkte direkt hinter der Tankstelleneinfahrt.

»Hat er sich vor dein Fahrrad geworfen?«

Er sah Roy an, der auf den Beifahrersitz stieg und lachte. Sie fuhren am Sparland-Zentrum vorbei, dessen großer Parkplatz fast voll war. Auf der anderen Straßenseite ragten die oberen Decks der Hurtigrutenfähre am Kai über den Erdwall, der den kalten Wind vom Bøkfjord abhalten sollte. Hinter dem Kai war ein flaches Industriegebiet aufgeschüttet, das nackt dalag und auf den großen Ölboom in der Barentssee wartete. Dort sollten Bürogebäude auf dem aufgeschütteten Grund entstehen, mit dem sie das Meer zurückgezwungen hatten.

»Nein, nein. Ich habe ihn überfahren.«

Sie fuhren weiter Richtung Prestøya und bogen links zum Krankenhaus ab. Leif stieß Roy mit dem Ellbogen an.

»Bist du sicher, dass du dahin willst?«

Roy zeigte auf den Eingang der Notaufnahme. Das Krankenhaus war von chaotischen Anbauten geprägt. Von allen Seiten der alten, hohen Gebäude standen neue niedrige Flügel ab.

»Halt den Mund und fahr uns bis zur Tür.«

Vier Stunden später saßen Roy und Leif im Wartezimmer und warteten auf Torhild. Roy hatte sie nicht mehr gesehen, seit er vor zweieinhalb Stunden zum Röntgen geschickt worden war. Leif warf eine alte Zeitschrift zurück auf den viereckigen Tisch, der zwischen den Sofas stand.

»Beckenbruch?«

»Nein, Verstauchung. Beckenverstauchung. Sieht aus, als müsstest du heute Abend allein auf Rentierjagd gehen.«

»So was kriegen immer die alten Knacker mit Rollator, wenn sie ausrutschen, nicht wahr? Wahrlich eine Diagnose, mit der du den Frauen imponieren kannst, Roy.«

»Scher dich zum Teufel.«

»Beruhig dich. Jedenfalls hast du Torhild näher kennengelernt.«

»Ich hab sie nach Samenland eingeladen.«

»Jesses! Gut, Roy. Wann fahrt ihr rauf?«

»Weiß nicht. Sie hat noch nicht Ja gesagt.«

»Wie? Was hat sie denn gesagt?«

»Sie … sie hat gelacht. Und gelächelt. Und gesagt ›Hört sich lustig an.‹«

Leif schüttelte den Kopf. Ärzte mit ernsten Gesichtern und weißen Kitteln liefen die Korridore auf und ab, und Krankenpfleger schoben Betten zu den Aufzügen.

»Das wird nichts mehr mit Lavvo-Love, mein Junge.«

Aber Roy war unbeirrbar. Er war glücklich und wollte es sich nicht von Leif verderben lassen. Sie hatte ihm über die Haare gestrichen.

Er trank Dr. Pepper, das Leif ihm am Kiosk gekauft hatte, und las eine Broschüre über Krampfadern, als die Tür aufging. Torhild kam lächelnd herein, zusammen mit einem großen, dunkelhaarigen Mann im Arztkittel.

»Wie ist es gelaufen, Torhild?«

Sie sah den Arzt an und lächelte verlegen, bevor sie Roy antwortete.

»Ist noch mal gut gegangen. Nur eine kräftige Prellung, mit oberflächlichen Wunden.«

»Das ist gut. Wie sieht es aus mit Samenland, wann sollen wir …«

Sie unterbrach ihn und wandte ihren Blick wieder dem Arzt zu. Er war schlank und athletisch, ungefähr dreißig, und sein dichtes, schwarzes Haar fiel lockig in sein Gesicht, als wolle es dessen perfekte Symmetrie huldigen, die noch von markanten Wangen mit dichten Bartstoppeln betont wurde. Er erinnerte Roy an die Wichtigtuer aus der Dressman-Werbung, die einander mit selbstgefälligem Grinsen in Zeitlupe auf die Schulter klopften. Torhild konnte ihren Blick nicht von ihm lassen, während sie sprach.

»Das ist Stanislaw. Er ist aus Kroatien und gerade in Kirkenes angekommen. Er ist jetzt mit seiner Schicht fertig und hat mich gefragt, ob ich ihm Kirkenes zeigen möchte. Dafür kocht er heute Abend für mich. Traditionelles kroatisches Essen.«

Der Arzt nickte und lächelte Roy an.

»Ja. Gorski Kotar.«

Leif stieß Roy den Ellbogen in die Seite.

»Hast du das gehört? Gorski Kotar.«

Roy merkte, wie die Schmerzen zurückkamen, als wären sie nur von seinem Glücksgefühl betäubt gewesen. Er musterte Stanislaw und registrierte Torhilds Blick. So hatte sie Roy noch nie angesehen.

»Ich habe Stanislaw von Samenland erzählt.« Torhild lächelte Stanislaw an und drehte sich zu Roy und Leif um. »Ich dachte, dass ich vielleicht zusammen mit ihm vorbeikommen könnte? Dann bekommst du die Perspektive eines richtigen Ausländers. Was könnte besser sein?«

In den wenigen Sekunden, die Roy zum Aufstehen brauchte, fielen ihm viele, viele Dinge ein, die besser sein konnten. Aber ihm fiel nichts ein, das schlimmer sein konnte. Er bemerkte, wie perfekt die geraden, gleichmäßigen Zähne des Arztes zu dessen weißen Kittel passten. Wie er sich ständig eine Locke aus der Stirn strich. Wie sauber die Linie zwischen Kinn und Hals war, auf der die Bartstoppeln in glatte Haut übergingen. So ein Angeber, dachte er. Und bestimmt ein Weichei. Wenn die beiden nach Samenland kämen, könnte er ihn demaskieren. Und sich selbst als Held der Wildnis erweisen.

»Ja. Was könnte besser sein?«

KAPITEL 34

Am Tag zuvor hatte Leif bis spät in die Nacht vergeblich nach den Rentieren gesucht. Pasvik war Weidegebiet, und er war auf eine Herde aus ungefähr vierzig Tieren gestoßen. Wahrscheinlich hatten sich ihre beiden Rentiere der Herde angeschlossen. Aber als sie an diesem Morgen nach Samenland kamen, standen zwei Rentiere im Gehege und glotzten sie an. Leif und Roy wussten nicht, ob es dieselben waren, die sie von Ailo geliehen hatten, aber das war ihnen in diesem Moment egal. Hauptsache, sie hatten zwei Rentiere. Wahrscheinlich hatten sie das Hundefutter in dem Trog gerochen und waren ins Gehege getrottet, um sich satt zu essen. Die Erleichterung war vorläufig größer als die Angst, was Ailo mit ihnen anstellen würde, wenn es nicht seine Rentiere waren – oder ein anderer Same, wenn er zwei seiner Rentiere in ihrem Gehege entdeckte.

Leif hatte eine Samentracht angezogen und lehnte sich gegen den geliehenen Minibus. Die Touristen schlenderten über den Kai und suchten Dinge zum Bestaunen. Sie zeigten auf die rostigen Russentrawler am Nachbarkai und knipsten mit ihren kleinen Kameras aus großem Abstand Möwen und die einlaufende Hurtigrute. Dann erblickten sie Leif und richteten die Kameras auf ihn. Er hatte hinter dem alten Pumpenhaus ganz außen am Kai geparkt und war froh, dass er noch kein Rentiergeweih auf dem Dach befestigt hatte. Sie hatten in aller Eile A4-Blätter mit Klebeband an die Seite des Busses geklebt und SAMENLAND darauf geschrieben. Er winkte ihnen zu und lächelte, wirkte aber offensichtlich wenig überzeugend. Sie lächelten vorsichtig zurück, hielten jedoch Abstand. Die Samentracht war ihm zu klein. Es sah aus, als hätte er einen Samen niedergeschlagen, ihn in die schmale Gasse zwischen den Lagerhallen gezerrt und seine Kleider gestohlen.

Eigentlich hatten sie erst in zwei Tagen eröffnen wollen, aber die Touristeninformation hatte schon Reservierungen angenommen. Ein paar eifrige Touristen hatten dort angerufen und gefragt, was Kirkenes zu bieten hätte: sechs Mitglieder eines japanischen Schachclubs und ein französisches Ehepaar, die alle mit der Hurtigrute aus Bergen eintreffen würden und eine Nacht in Kirkenes verbringen wollten, bevor die Reise sie nach Rovaniemi in Finnland führte, um dort den Weihnachtsmann zu besuchen. Außerdem wollten Torhild und Stanislaw kommen.

Roy war in aller Hast nach Finnland gefahren, um dreißig Kilo Rentiergulasch zu kaufen, aber er hatte noch keine Zeit gehabt, ein Rezept zu besorgen. Er stand vor der Feuerstelle in einem der Lavvos und rührte in einem großen Kessel, in den er drei Liter Wasser, zwei Kilo zerkleinertes Rentierfleisch, 35 rote Kartoffeln, gehackten Dill, Erbsen, Multebeeren, Salz, Pfeffer, und eine ganze Dose Gastromat-Würze geschüttet hatte. Es roch nicht schlecht.

Die Seile für die Lassos hingen am Zaun bereit, aber die beiden wussten immer noch nicht, wie man einen Lassoknoten knüpfte.

Leif hatte den Gettoblaster in eine große Kiefer gehängt, aber Roy musste ihn tiefer herunterlassen, weil die Reichweite der Fernbedienung zu gering war. Er baumelte neben einem der Lavvos in der Luft. Wenn er noch Zeit hatte, bevor

Leif mit den Gästen kam, wollte Roy ihn mit ein paar Kiefernzweigen tarnen.

Auf den Bänken um die Feuerstelle lagen Rentierfelle, und ein Baumstumpf fungierte als Tisch. Auf ihm standen Terrakottakaraffen aus dem Gebrauchtwarenladen der Heilsarmee, gefüllt mit trübem, rot gefärbtem Wodka. Wacholderbeeren schwammen an der Oberfläche, und daneben standen hölzerne Krüge, die Leif von einer Tante aus Hardanger geerbt hatte. Geistesbräu. Oder Geisterbräu? Das klang gut, aber sie wussten nicht, um welche Geister es sich handelte, falls jemand sie fragen sollte.

Im Grunde wussten sie überhaupt nichts über Samen, samische Geschichte und samische Traditionen. Die Touristen sollten gleich nach der Ankunft Wodka bekommen und sich noch vor dem Abendessen im Lassowerfen versuchen. Nach dem Essen würde Fredrik auftauchen. Fredrik war fürchterlich gestresst, als Leif ihn anrief und sagte, dass er schon heute Abend auftreten müsse, aber er wollte kommen. Wann genau, wussten sie nicht. Er wollte es nicht verraten, weil er die Überraschung nicht verderben wollte und Wert auf Spontaneität legte. Roy hatte am Computer ein paar primitive Diplome entworfen. Unter der Lavvo-Bank lag ein Stapel gewöhnlicher A4-Blätter mit der Aufschrift »I found my Inner Reindeer at Sameland« in einem Bogen über dem Bild eines Elches. Er hatte im Stress das erstbeste Tier mit Geweih ausgesucht, das er finden konnte. Die Tannenzweige, die als Schlaflager ausgebreitet werden sollten, lagen in einem Haufen an der Zeltwand. Darüber wollten sie die Rentierfelle von den Sitzbänken breiten, und grobe Wolldecken, die sie von einem treulosen Diener der Heimwehr billig erstanden hatten, sollten die Schlafsäcke ersetzen.

Am Eingang von Samenland, links hinter der Pforte, hatten sie aus dürren Baumstämmen notdürftige Verschläge gezimmert, in denen die Besucher sich umziehen konnten. Für die Alltagskleider der Touristen lagen Rollen mit schwarzen Müllsäcken bereit.

Etwas tiefer im Wald, hinter dem Rentiergehege, hatten sie eine ähnliche Konstruktion für andere Zwecke errichtet. Die Idee war ihnen erst gekommen, als Leif eines Tages etwas Privatsphäre und ein Loch im Boden benötigte, weil er am Vortag zu viele Tacos und finnisches Lakritz gegessen hatte.

Roy ließ den Eintopf köcheln, schob das Fell am Eingang zur Seite und betrachtete das Lager.

Ein rosa Plastikeimer lag neben der großen Feuerstelle. Er durfte nicht vergessen, ihn wegzuräumen. Leif hatte einem der Rentiere eine Samenmütze aufgesetzt, bevor er losgefahren war, aber das Tier hatte sie abgeschüttelt und es irgendwie geschafft, darauf zu kacken, als wolle es seine Verachtung zeigen. Überhaupt hatten die Tiere innerhalb kurzer Zeit ziemlich viel gekackt. Der Boden war mit kleinen Fladen übersät, und die Mägen der Tiere rumpelten bedrohlich.

Aber sonst war alles bereit. Ein paar Spatzen hüpften nervös herum und schnappten sich Krümel von Roys Frühstücksbrot, das er auf einem Baumstumpf am Gehege gegessen hatte. Wütende Ameisen wuselten hin und her und wollten die letzten Reste für ihre Königin sichern, ehe die frechen Vögel alles aufgepickt hatten.

Er schaute auf die Uhr. Es war fast zehn Uhr, und die Hurtigrute würde jeden Augenblick anlegen.

In einer Stunde würden die ersten Gäste ankommen.

KAPITEL 35

You better watch out,
You better not cry,
You better not pout,
I'm telling you why …

Pekkonen is coming to town …

Pekkonen hörte auf zu singen und zog eine Flasche grüne Schlumpflimonade zwischen den Sitzen hervor. Er zeigte auf einen Mann, der neben einem Volvo voll schreiender Kinder stand und in den Straßengraben pisste.

Neben ihm saß Timo und schnippte die Asche seines Zigarillos aus dem Fenster, durch das laue Sommerluft ins Auto drang. Sie waren unterwegs nach Kirkenes.

Pekkonen hatte in dem alten Stall hinter seinem Haus einen Trainingsraum eingerichtet, wo er die Muskelmassen in Form hielt, die er als aktiver Kugelstoßer aufgebaut hatte. Aber das war schon lange her. Die Glanztage waren vergangen, als er Finnland bei der Europameisterschaft in Dresden vertrat und disqualifiziert wurde, weil er einen Schiedsrichter in den Wassergraben geworfen hatte. Der Schiedsrichter hatte Übertritt bemängelt, aber er war sich sicher, dass er nicht übertreten hatte. Doch Pekkonen musste nach Hause reisen und durfte Finnland nicht mehr repräsentieren. Da machte das Kugelstoßen keinen Sinn mehr für ihn. Sechs

Jahre lang arbeitete er als Türsteher in einem Nachtclub in Helsinki, bis er den damaligen Agrarminister von Finnland k.o. schlug, weil der ihn mit Affenlauten provoziert hatte. Er wurde gefeuert. Dann erbte er das Haus in Sodankylla, einem kleinen Ort zwischen Ivalo und Rovaniemi, und zog dorthin.

Timo wohnte auch in Sodankylla. Er hatte Pekkonen vor acht Jahren auf einem Cowboyfest kennengelernt, das sein Schwager in der Verkaufshalle eines bankrottgegangenen Schneemobilverkäufers arrangiert hatte. Pekkonen war betrunken und hatte sich sein Lieblingslied von Dolly Parton gewünscht, aber die Countryband hatte sich geweigert. Es war auch Timos Lieblingslied. Außerdem langweilte Timo sich, weil er und seine Frau den ganzen Abend neben einem Revisor aus Kemi gesessen hatten, der ununterbrochen von der Weltumsegelung geredet hatte, die er machen wollte, sobald er in Rente ging. Also schloss er sich Pekkonen an, und beide forderten lauthals den Dolly-Parton-Song. Und als sie ihn immer noch nicht spielen wollten, verprügelten sie den Sänger mit seiner eigenen Gitarre und pissten in seinen Cowboyhut, bevor fünf kräftige Männer in Jeanshemden sie hinauswarfen.

Seitdem sie dort nebeneinander im Schneegestöber gesessen und eine Flasche Wodka geteilt hatten, waren sie dicke Freunde. In der Zeit, die Timo in Finnland verbrachte, gingen sie einmal im Monat zusammen in die Sauna und betranken sich.

Pekkonen studierte die Bilder in Leifs Kamera.

»Was weißt du sonst noch von den Typen, Timo?«

»Nichts. Nur, was man auf den Bildern sieht.«

»Wie sollen wir sie denn finden?«

Timo warf die Kippe aus dem Fenster und bremste vor einer scharfen Kurve.

»Kirkenes ist nicht groß. Wir werden sie ziemlich schnell finden, glaube ich.«

»Gibt es in Kirkenes schöne Frauen?«

»Ich war noch nie dort.«

»Bestimmt. Ich hab's im Gefühl.«

»Wie kannst du so was im Gefühl haben?«

»Weiß nicht. Einmal war ich mit ein paar Kumpels ein Wochenende in Lettland. Wir mussten uns zwischen zwei Nachtclubs entscheiden, und weil ich es im Gefühl hatte, dass in dem einen die schöneren Frauen waren, habe ich die Entscheidung getroffen.«

»Und, waren dort schöne Frauen?«

»Nein.«

Timo schüttelte den Kopf und stocherte mit dem Fingernagel zwischen den Schneidezähnen, wo noch Müslireste hingen.

»Spielt sowieso keine Rolle, ob es dort schöne Frauen gibt oder nicht.«

»Nicht für dich. Du hast sowieso kein Feuer mehr in deinem Streichholz.«

»Was soll das heißen, Pekko?«

»Du bist doch ein alter Kobold.«

»Du wirst schon sehen, wie alt ich bin, wenn ich die Wichser erwische, die meine Zelte gestohlen haben.«

»Ja, ja. Ich freu mich drauf.«

Timo musste vor einer Rentierherde bremsen, die sich mitten auf der Straße versammelt hatte, und Pekkonen streckte sich aus dem Fenster, um die leere Limonadenflasche nach ihnen zu werfen, aber die Rentiere kümmerten sich nicht darum. Mit gesenkten Köpfen trotteten sie mitten auf der Straße vor ihnen her. Timo drehte den Motor auf und hupte laut.

»Scheißrentiere.«

Im Grunde waren ihm die Lavvos egal. Jedes Jahr stellte er sie auf und bot den Touristen Übernachtung an, aber bisher hatte sich noch keiner verlocken lassen. Die einzigen, die sie benutzten, waren frisch verliebte Paare, die Freitagsabends ins Wochenende aufbrachen und nicht warten konnten, bis sie ihr Hotel in Rovaniemi erreichten. Sie schlichen sich in die Lavvos, ohne zu bezahlen. Wie oft hatte er schon gebrauchte Kondome dort gefunden und sich schwarzgeärgert. Nicht nur, weil es eklig war, sondern auch vor Neid. Pekkonen hatte recht. Er hatte kein Feuer mehr in seinem Streichholz. Seit vielen Jahren nicht mehr. Und er hatte den Verdacht, dass seine Frau einen Liebhaber hatte. Der Chef der Molkerei von Sodankylla sah ihr immer hinterher, wenn sie an ihm vorbeiging, und sie redete öfter von ihm als von anderen Männern. Das Alter hatte seine Spuren an Timos Körper hinterlassen. Er war 62 und immer noch athletisch, aber auch die Wander- und Angeltouren durch die Wälder von Sodankylla konnten nicht verhindern, dass sein Bauch wie eine Wurst über den Gürtel quoll, wenn er morgens die Hosen anzog. Aber sein grau gesprenkeltes Haar war immer noch dicht und betonte sein kantiges Gesicht und die grauen Augen. Der Molkereichef war wesentlich schlechter in Form als er, er hatte ein so dickes Doppelkinn, dass man meinte, er habe keinen Hals, und nur ein paar Haare wehten einsam auf seiner Stirn. Der Haarkranz um seine Glatze war dünn und fettig. Aber Timo hatte kein Feuer mehr in seinem Streichholz, und der Gedanke, dass der Molkereichef seine Frau fickte, machte ihn wütend. »Schert euch zum Teufel, ihr verdammten Scheißrentiere!«

Pekkonen stieg aus und rannte auf die Rentiere zu, die in den Wald flüchteten. Es war seltsam, dass sie keine Angst vor Autos hatten. Die massiven, lärmenden Metallmonster, die auf sie zurasten, kümmerten sie überhaupt nicht, aber sobald man ausstieg und sie einen Menschen sahen, liefen sie in blinder Panik davon. Pekkonen stieg wieder ein, und sie fuhren weiter.

»Gut gemacht, Pekkonen. Du bist ein Teufelskerl.«

»Bist du je von einem Rentier auf die Hörner genommen worden, Timo?«

»Nein.«

»Ich aber. Vor acht Jahren, da war ich irgendwo im Wald angeln. Ich hatte gerade ein paar Bohnen in Tomatensoße aufs Feuer gestellt und rührte im Topf, als es hinter mir im Wald knackte. Ich dachte, es sei ein Bär und suchte irgendwas, womit ich mich verteidigen konnte, aber mein Messer lag beim Angelzeug unten am Wasser. Alles, was ich hatte, war die leere Bohnendose. Ich schnappte sie und machte mich bereit. Nichts passierte. Es war total still. Ich war mir sicher, dass es wieder abgezogen war. Aber in diesem Moment brach es aus den Büschen hervor. Es war ein Rentierbock. Der größte, den ich je gesehen hatte, und er sah ziemlich wütend aus. In seinem riesigen Geweih hing Moos, er sah aus wie der Rudolf des Teufels. Vielleicht konnte er den Geruch von Bohnen in Tomatensoße nicht ausstehen, oder auch meinen. Er stampfte und prustete, und ich dachte, ich könnte ihn irgendwie verjagen. Also warf ich ihm die Dose an den Kopf, aber er rührte sich nicht von der Stelle. Er blieb stehen und stampfte noch mehr, und bevor ich auf den nächsten Baum flüchten konnte, nahm er Anlauf und stieß mich mit dem Geweih vor die Brust, sodass ich in die Blaubeeren flog. Ich tat, als wäre ich tot, weil er sich immer noch nicht zufriedengab. Er kam zu mir und blieb ewig bei mir stehen. Ich rührte mich keinen Millimeter. Fühlte seinen warmen Atem im Nacken. Am Ende stupste er mich mit der Schnauze an und verzog sich. Ich blieb noch zwei Stunden liegen, Timo. Dachte, der verrückte Bock würde mir in den

Büschen auflauern. Aber das tat er nicht. Fünf gebrochene Rippen, Timo. Der verdammte Bock hat mir fünf Rippen gebrochen.«

»Was für eine Geschichte, Pekkonen.«

»Jepp.«

Vor einer halben Stunde hatten sie die Grenze passiert, und nun fuhren sie vom Munkefjord über die Anhöhe, wo sie schon den Flughafen sahen. In etwa einer Viertelstunde würden sie Kirkenes erreichen, und die Jagd konnte beginnen.

KAPITEL 36

Erst als der Kollege von der Barentssee-Safari mit einem Schild in der Hand aus dem grauen Minibus stieg, wurde Leif klar, dass er auch unbedingt ein Schild brauchte. Er rannte zur Lagerhalle der Nor Lines, lieh sich einen Marker aus, riss ein Brett aus einer Palette und schrieb SAMENLAND darauf. Er hielt es über den Kopf, als die ersten Touristen die schmale Gangway der Hurtigrute hinabströmten, in den Taschen nach Sonnenbrillen fischten und aus dem Schatten des Schiffes traten.

Zuerst kam das französische Ehepaar. Beide waren ungefähr fünfzig, trugen Khaki-Sachen, die gleichen Jacken und weißen Schirmmützen. Khaki war bei Touristen beliebt, besonders diese Westen, wie sie Kriegskorrespondenten im Fernsehen trugen. Als würden die geriatrischen Deutschen und Amerikaner, die mit Stöcken und Krücken an Land hinkten, zu einer Safari im tiefsten Afrika aufbrechen.

Pierre und Eloise Bertrand hatten eine herrliche Reise entlang der norwegischen Küste gehabt. Bis jetzt waren sie mit allem zufrieden, was Norwegen zu bieten hatte. Phantastische Natur, freundliche Menschen, gutes Essen, guter Service. Und als sie das Schild SAMENLAND sahen und den Mann, der es hochhielt, ahnten sie nichts Schlimmes. Bestimmt würde es sich in die Reihe schöner Erlebnisse einfügen. Aber als Leif sie in erfundenem Samisch begrüßte und an dem schicken, blank geputzten Minibus der Barentssee-

Safari vorbei zu Svein Lupkes hellbraunem Ford Transit führte, an dem nur ein Michelin-Männchen prangte, sahen sie einander fragend an.

Leif bemerkte es sofort.

»Do you speak English?«

Pierre sah ihn an und nickte. »Yes. Yes, we do.«

»Welcome to Kirkenes. This is a typical Samic car. The colour resembles that of Mother Earth, which the Samic people worship, like Hiawata and his Indian tribe in America.«

»Oh.«

»Yes. And, the Samic does not care for owning things. Their reward in life is the nature itself, and multebær. So they do not care about the ugliness of their cars.«

»Okay. Very interesting.«

Pierre und Eloise hatten damit gerechnet, dass der nächste Tag etwas außergewöhnlich sein würde. Schließlich würden sie einen Tag und eine Nacht wie Samen leben, im Zelt schlafen und auf dem offenen Feuer zubereitete Mahlzeiten essen. Und da passte der schmutzige Minibus ins Bild, er machte das Ganze authentischer.

Pierre lächelte seine Frau an und sagte etwas auf Französisch. Sie freuten sich auf ihr Abenteuer. Eloise nahm die Handtasche von der Schulter, holte die Kamera heraus und wollte ein Bild von Leif machen.

»What is the Samic Word for excited?«

»What?«

»The Samic word for excited.«

»Oh.«

Leif musste schnell antworten, um glaubwürdig zu bleiben.

»Pøngle.«

»Pøngle?«

»Yes.«

Eloise lächelte in die Sonne, betrachtete Leif durch den Sucher und schob die Mütze zurück, den Finger am Auslöser bereit.

»I am very pøngle about going to Sameland.«

Leif schaute sich um und hoffte, dass ihn kein Norweger gehört hatte. Er bat Pierre und Eloise, im Auto Platz zu nehmen und ging den sechs japanischen Männern entgegen, die schon auf dem Weg zum Minibus und dem einzigen Menschen in Samentracht waren.

»Hello!«

Sie scharten sich um ihn und betrachteten misstrauisch das Auto, während er das Gepäck einlud. Eine andere Gruppe Japaner bestieg den Bus der Barentssee-Safari. Sie zeigten auf Leif, lachten und zückten die Kameras. Leif räusperte sich.

»Welcome to Kirkenes. This is a typical Samic Car. The colour resembles ...«

Einer der Japaner unterbrach ihn. »No English.«

»What?«

»No speak English.«

Leif bedeutete ihnen einzusteigen, erleichtert über die Sprachbarriere. »Please take a seat.«

Das Auto startete mit einem Ruck und vibrierte, bis die Startautomatik deaktiviert war und der Motor ruhig lief. Leif fuhr Slalom zwischen den Menschenmassen, die zu den Sightseeingbussen vor dem Hafengelände strömten. Die Busse fuhren zu den Gruben, zum Museum und zur Grenzstation Storskog, wo die Touristen nach Russland gucken konnten. Leif und seine Gäste passierten Jysk, wo früher der kommunale Bierverkauf gewesen war, und Leif bremste sogar für ein paar russische Seeleute, die vom Kai kamen, wo die Trawler in Reih und Glied lagen. Die Stille im Auto war erdrückend, Leif fühlte sich verpflichtet, etwas zu sagen, schließlich war er der Fremdenführer. Er zeigte auf die Seeleute.

»Russian fishermen.«

Zwei der Seeleute, die auf dem Weg zur Bibliothek waren, um russische Nachrichten im Internet zu lesen, winkten den Touristen zu, die alle auf eine Seite gerückt waren und sich um die Fensterplätze zum Knipsen stritten.

Leif fuhr weiter am See entlang, wo sie einen schönen Blick über den Fjord hatten, und die Touristen rückten auf die andere Seite, als hätte die Schwerkraft einen besonderen Effekt auf sie.

Er sah in den Rückspiegel und bemerkte, dass Pierre die Hand hob.

»Yes, Pierre?«

»Could you inform us about the political status of the Samic people today, compared to the past, and perhaps give us some insight in their traditions and spiritual life?«

Leif fluchte innerlich. »Yes. Yes, of course. The Samic are a proud people. Their love for the reindeer might seem strange to others, but it is their way of life, and has been that for the last hundred years or so …«

Pierre unterbrach ihn. »Hundred?«

»What?«

»The last hundred years?«

Leif starrte auf die Straße. Im Vorbeifahren sah er Arild, einen alten Kollegen von der Post, der gerade einen Stapel Briefe in einen Briefkasten warf. Der Solheimsveien zog sich den Hügel hinauf, wo massive Bergwerksgebäude wie eine industrielle Geisterstadt ein Wohngebiet aus Zweifamilienhäusern überragten.

»Hundreds. Hundreds of years. As in hundreds and thousands.«

»Oh. Okay. Tell us more.«

»Well, they use a lasso. They toss it on the reindeer. To capture it for eating and other things.«

Pierre und Eloise sahen sich verwundert an. Am Ende des Solheimsveien bog Leif rechts ab und fuhr am Førstevann und Andrevann in Richtung Hesseng, wo er links abbog, um über Sandnes nach Pasvik zu gelangen. Das Wasser der Seen war voller Ringe, aber die Fische, die sie verursachten, waren ungenießbar. Sie waren bis zum Rand mit Dioxinen vollgepumpt, ein Nebenprodukt des Bergbaus, der Kirkenes reich gemacht hatte. Nur ein paar gelangweilte russische Seeleute angelten dort und wussten nichts von dem gefährlichen Gift.

»You will be given the opportunity to try the lasso yourselves. In Sameland. Like Samic cowboys, only with reindeer, you know.«

»We are looking forward to that. But what about issues between the Norwegian government and the Samic people, when it comes to the way they were treated in the past? We were told of this by a man from Bodø, on the Hurtigrute, he said…«

Leif fiel nichts Besseres ein, als laut zu joiken: »He åle, låle, låle, le, he, åle, le, he, å le lå!« Er drehte sich zu den Passagieren und rief: »It is time for a joik! Come on, everybody. Joik with me. He, åle, lå, le, lå.« Er winkte mit der linken Hand, um so etwas wie Rhythmus anzudeuten. »Come on, Pierre and Eloise. Come on, my Japanese friends! Let's joik!«

Und als einer der Japaner, ein älterer Mann mit weißen Flecken im rabenschwarzen Haar, plötzlich aus vollem Hals zu joiken begann, stimmten die anderen Japaner mit ein, während Pierre und Eloise die Köpfe schüttelten und auf Französisch miteinander flüsterten.

KAPITEL 37

Das Sofa stand ungefähr einen Meter von der Wand entfernt, und Audun schob es wieder an seinen Platz unter dem großen Puzzle mit dem Motiv aus den Schweizer Alpen. Es war so frustrierend gewesen, die 3000 Teile zusammenzusetzen, dass er nicht im Traum daran dachte, es wieder auseinanderzunehmen, sondern es einrahmen ließ. Er rückte den kleinen schwarzen Tisch zur Seite und staubsaugte den Boden vor dem Sofa, wo er gestern Abend einen Schokoladenmuffin zum Nachtisch gegessen hatte.

Die Samentracht, die er vor zwei Nächten im Gebüsch versteckt hatte, hing zum Trocknen im Bad. Er hatte sie geholt, ohne dass ihn jemand entdeckt hatte, und sie gewaschen.

Hinter dem Fernsehtisch kamen die verdrehten Stromkabel des Fernsehers und des Videorekorders hervor und schlängelten sich bis zu den Steckdosen unter dem Wohnzimmerfenster. Er hob sie mit den Zehenspitzen an, damit er darunter staubsaugen konnte. Den Fernsehtisch ließ er stehen, dahinter saugte er nie.

Auf dem Küchentisch standen vier leere Kartons Orangennektar neben einer angeschnittenen Biskuitrolle. Er stellte den Staubsauger in den Flurschrank und warf die Kartons in den Müll. Audun räumte gern auf. Wenn es nicht ordentlich genug war, konnte er sich nicht richtig entspannen.

Im Bad drehte er alle Shampoos und Seifen, die auf dem kleinen Regal in der Duschkabine standen, mit dem Etikett nach vorne und überprüfte, ob die Samentracht trocken war, die auf einem Kleiderbügel an der Dusche hing.

Sie war trocken.

Er holte eine Plastiktüte vom Spar-Markt aus dem Schrank unter der Spüle und packte die Samentracht vorsichtig ein. Dann zog er Pantoffeln an und trug die Tüte zum Auto. Der Nachmittag war schön, die Sonnenstrahlen wärmten und die milde Brise war nicht einmal stark genug, um die Blätter seiner Hecke zum Rascheln zu bringen. Als er ins Haus zurückging, bemerkte er den Geruch von gegrilltem Fleisch aus dem Nachbargarten. Es roch nach marinierten Koteletts, vielleicht Grillwürstchen, und hinzu kam der verlockende Duft von Knoblauchbrot. Er blieb stehen, und als das Knirschen der Steine unter seinen Pantoffeln verstummte, vernahm er munteres Stimmengewirr, Kinderlachen und Erwachsene, die den Tisch deckten. Es war wie eine Sinfonie, ein harmonisches Werk, das direkt hinter seiner Hecke gespielt wurde. Audun empfand es als Verhöhnung, als wollten sie ihm demonstrieren, wie misslungen sein Leben war. Er starrte wütend auf ihre Fahnenstange, die in einer Ecke des Gartens über die Hecke ragte, aber verwarf den Gedanken gleich wieder.

Für heute Abend hatte er andere Pläne. Auf dem Heimweg von der Arbeit hatte er einen Minibus mit der Aufschrift SAMENLAND gesehen. Voll mit Touristen.

KAPITEL 38

Roy stand in Samentracht am Portal. Er winkte den Touristen zu, die hinter Leif hertrotteten. Der Minibus stand draußen auf dem Schotterweg, und aus Samenland erklang ein lauter Joik aus dem Gettoblaster. Aus den Lavvos stieg Rauch auf, und die Rentiere trabten im Gehege umher.

»Hello, everybody! Welcome! We hope you will enjoy this ethnic journey. Leave the modern, hectic world at the gate, and enter Sameland!« Die Japaner verstanden kein Wort. Sie grinsten und lachten und zückten die Kameras. Pierre und Eloise tauschten kritische Blicke aus. »Please step into the authentic Samic changing areas and put on your Samic suits.« Er zeigte auf die Verschläge. Auf der großen Feuerstelle zwischen Lavvos und Gehege hatte Roy ein Lagerfeuer entfacht, um die Stechmücken fernzuhalten. Als die Gäste aus den Verschlägen kamen, saß er neben Leif auf einem Stein. Zuerst kamen die Japaner. Sie befühlten den Stoff der Trachten und fotografierten einander vor den Lavvos. Dann entdeckten sie die Rentiere und rannten laut jubelnd zum Gehege. Zuletzt kamen Pierre und Eloise. Sie blieben vor Roy und Leif stehen.

»My Samic suit smells strange.« Eloise strich über den Stoff und roch an ihren Fingern. Die Trachten hatten lange im modrigen Theaterkeller gelegen.

Leif versuchte, beruhigend zu lächeln. Er schüttelte den Kopf.

»That is normal. You see, reindeers smell nasty. And in order not to scare them, the Samic people must also smell nasty. Such is the tradition of Samic clothing. It stinks.« Hilfesuchend sah er Roy an, aber der stand auf und ging zu den Japanern, ohne ein Wort zu sagen.

Pierre roch an der Schulter seiner Frau. Er rümpfte die Nase und drehte sich zu Leif.

»But what about the injustice done to the Samic people in the past? Can you please explain in what ways the politics of past governments led to this, and what recent governments have done to right this wrong?«

»Yes. About the politics, it's tricky business. Tricky, tricky.« Leif zeigte auf die Rentiere und die Japaner, die mit ihren Kameras über dem Zaun hingen. »Do you want to touch a reindeer?«

Aber Pierre gab nicht auf. »No, we want to learn about the historical aspects of this indigenous people. And in what ways the Samic culture manifests itself in Modern Norway. Last year we visited an Indian tribe in the Amazonas. The guide explained in detail about the …«

Leif rutschte auf dem Stein herum und unterbrach Pierre.

»The Indians have tipies. The Samic have lavvoes. Big difference. Lavvoes are …«

»I don't care about that. I want to know in what way the politics of the Norwegian government affects the …«

Eine Krähe war auf dem Gettoblaster gelandet, der fünf Meter über ihnen in der Luft hing. Er löste sich und fiel Pierre auf den Kopf. Pierre sank zu Boden, während Batterien und schwarze Plastikteile in alle Richtungen flogen. Im ersten Moment war Leif erleichtert, aber dann packte ihn die Angst. Hatte er nun einen Franzosen mit einem Gettoblaster erschlagen? Eloise war hysterisch und versuchte, ihren

Mann zum Leben zu erwecken. Leif kniete sich neben sie und fühlte den Puls des Franzosen.

»Calm down, Eloise. He is alive. It is okay. He has pulse.« Roy und die Japaner waren inzwischen angerannt gekommen und standen im Halbkreis um sie herum. Roy ging neben Leif in die Hocke und zischte ihm zu: »Was zum Teufel geht hier vor?«

»Der CD-Spieler ist ihm auf den Kopf geknallt. Der ist bewusstlos. Was sollen wir jetzt tun?«

In dem Augenblick trat Torhild zwischen den Japanern hervor. »O lieber Gott, was ist mit ihm passiert, Roy?«

Roy war überrascht. Er hatte Torhild und Stanislaw erst später erwartet, wenn das Essen serviert wurde. Aber er witterte die Chance, Eindruck zu schinden.

»Ach, nichts Schlimmes. Er ist nur ohnmächtig. Leif, hast du Streichhölzer?«

»Was? Was willst du denn jetzt mit Streichhölzern?« Leif war aufgestanden und stand neben Torhild. Die Japaner fotografierten. Roy streckte die Hand aus.

»Gib mir einfach die Schachtel. Ich wecke ihn wieder auf. Schwefelduft macht Ohnmächtige munter.«

Leif schüttelte den Kopf. »Nicht, Roy! Du verwechselst da was! Streichhölzer zündet man an, wenn man gefurzt hat!«

»Nein, das stimmt …«

»Weg da!« Stanislaw schubste Roy zur Seite und kniete sich neben Pierre. Er fühlte seinen Puls und untersuchte vorsichtig Pierres Kopf. »Kein Schädelbruch.« Dann drehte er sich zu Leif. »Wasser. Bringt Wasser!«

Leif rannte zum Lavvo und kam mit einer Kanne Wasser zurück. Stanislaw zog sein T-Shirt aus und tauchte es ins Wasser. Die Muskeln an seinen Oberarmen und Schultern spannten sich an und spielten unter der braun gebrannten

Haut. Dann legte er das nasse T-Shirt vorsichtig auf Pierres Stirn. Eloise seufzte erleichtert, als Pierre die Augen öffnete.

»What … what happened?« Pierre blinzelte in die Sonne und fasste sich an den Kopf. »My head hurts.«

Roy räusperte sich. »The cd-player with the joik fell on your head. Sorry.«

Stanislaw half Pierre auf die Beine, und Torhild ging zu ihm.

»O Mann, Roy. Was für ein Glück, dass Stanislaw hier war.« Sie sah Eloise an und zeigte auf Stanislaw. »He is a medical doctor.«

Roy trat wütend gegen ein Teil des Gettoblasters, das vor ihm auf dem Boden lag. »Er war doch nur ohnmächtig. Jedes Kind weiß, dass man da einfach Wasser nimmt, dazu brauche ich keinen Arzt.«

»Aber du wolltest ihm ein brennendes Streichholz in die Nase stecken, Roy. Mein Gott.« Sie schüttelte den Kopf. »Komm, Stanislaw, wir fahren sie in die Stadt. Do you want us to take you into town? To a hotel? Much safer, I think.«

Pierre und Eloise nickten und verließen Samenland mit den beiden. Leif und Roy blieben schweigend stehen und schauten ihnen hinterher, bis Stanislaws Auto verschwunden war. Dann wendeten sie sich den Japanern zu. Sie sahen genau so fröhlich aus wie vorher. Leif klopfte Roy auf die Schulter.

»Komm schon, Roy, sei nicht traurig. Das ist doch nur ein Kotzbrocken mit nacktem Oberkörper. Es gibt genug Frauen auf der Welt, das weißt du. Komm jetzt.« Er zeigte auf die Rentiere und winkte die Japaner herbei. »Okay, boys! Let's lasso!«

KAPITEL 39

Kenji war bereit. Das Einzige, was Roy und Leif verstanden hatten, war sein Name. Er ließ das Seil mit der Schlinge in der Hand baumeln und pirschte sich vorsichtig an ein Rentier heran. Die anderen Japaner hingen über dem Zaun und johlten. Als Instruktion hatte Leif ein paar Mal mit erhobener Hand in der Luft herumgefuchtelt und dann Kenji ins Gehege geschubst. Roy machte sich Sorgen. Bestimmt würde das Rentier den kleinen Japaner auf die Hörner nehmen. Und wenn er es tatsächlich schaffte, das Lasso um die Hörner zu legen, würde es ihn hin und her schleudern wie einen Gummiball. Aber Kenji war furchtlos. Er schlich sich immer näher heran. Gerade als er das Lasso werfen wollte, rülpste das Rentier. Kenji hatte noch nie ein Rentier rülpsen hören, er erschrak, verfehlte den Wurf und rannte zurück zu den anderen. Auch Roy und Leif hatten noch nie ein Rentier rülpsen hören. Es begann mit einem Rumpeln tief im Bauch und endete mit einem deutlich vernehmbaren Rülpsen. Sie trauten ihren Ohren nicht. Da rülpste auch das zweite Rentier. Laut. Die Japaner liefen Amok, sie klatschten und filmten die Rentiere mit ihren Handys.

»Vielleicht war das doch keine gute Idee mit dem Hundefutter.«

»Nein, vielleicht nicht.« Roy ging näher an die Tiere heran. Das Rülpsen wurde lauter, begleitet vom tiefen Rumpeln der Tiermägen. »Lass uns die Japaner in die Zelte treiben, bevor die Rentiere explodieren.«

Leif nickte. »Come on, my Samic Samurais! Let's go to the Lavvo!«

Die Japaner stießen die Krüge aneinander und prosteten sich zu. Sie lallten auf Japanisch und fotografierten einander. Einer von ihnen hatte die Samentracht aufgeknöpft und eine braune Brustwarze entblößt. Er posierte und zwinkerte in die Kameras, die anderen johlten und feuerten ihn an. Das Essen war längst aufgegessen, und sie hatten reichlich Geisterbräu getrunken. Leif hatte einen Joik-Wettbewerb arrangiert, und Kenji hatte sich mit einem älteren Japaner geprügelt, der ihm die Mütze geklaut hatte, als er auf der Lavvobank stehend seinen Beitrag gegrölt hatte. Jetzt waren sie wieder Freunde, und alle joikten im Chor. Doch plötzlich verstummten sie. Draußen vor dem Zelt erklangen eine Schamanentrommel und ein murrender Joik, der immer näher kam. Leif und Roy sahen sich an und hofften das Beste.

KAPITEL 40

Fredrik war nervös. Er war schon einmal umgekehrt, weil er sich übergeben musste. Nachdem er vier Stunden verzweifelt versucht hatte, sich in die Rolle des Schamanen einzuleben, hatte er das Fellkleid wieder angezogen und war nach Samenland gefahren. Jetzt war er so weit, er war mehr Schamane als Fredrik. Er drosch auf die Schamanentrommel ein und näherte sich dem Lavvo, aus dem Rauch aufstieg. Mit einem schrillen Joik sprang er zwischen den Fellen hindurch. Die Japaner zuckten zusammen, als sie die weiße Gestalt sahen. Fredrik bewegte sich rhythmisch, er beugte sich vornüber, wenn er trommelte, und schaute in den Himmel, wenn er joikte. Die Flammen des Lagerfeuers warfen einen goldenen Schein auf das Zelttuch, als Hintergrund für das furchteinflößende Schattenspiel des Geweihs auf Fredriks Kopf. Er baute sich vor den Japanern auf, hüpfte auf einem Bein, joikte und prustete abwechselnd und stampfte mit dem Fuß, wie er es einstudiert hatte. Dann täuschte er einen Angriff vor und senkte den Kopf. Er gab alles für die Glaubhaftigkeit der Rolle, und er hatte Erfolg, sein Auftritt war mythisch und feierlich. Aber die Japaner waren betrunken und hatten nur Unsinn im Kopf. Als Fredrik nach dem Scheinangriff vor ihnen stehen blieb, ergriff Kenji sein Geweih und hielt ihn fest. Die anderen lachten, dass sie beinahe von den Bänken fielen, und Fredrik versuchte sich loszureißen. Er schrie um Hilfe. Der Riemen, mit dem das Geweih festgeschnallt war, schnitt ihm die Luft ab und er fuchtelte wild mit den Händen, um Kenji abzuwehren.

»Schafft mir den verdammten Japaner vom Hals!«

Roy stand auf und ging auf die beiden zu, aber er zuckte zurück, als plötzlich ein schwarz gelockter Kopf in der Zeltöffnung erschien. Der Kopf verschwand wieder, der Einstieg wurde aufgerissen. Ailo Ballo stand im Zelt.

»Was zum Teufel ist hier los? Wo sind meine Rentiere? Und warum stehen da draußen zwei andere Rentiere und rülpsen? Rülpsende Rentiere, mein Gott!«

Aber bevor jemand antworten konnte, erklang draußen ein lauter, schriller Angstschrei. Kenji ließ Fredrik los, der auf den Rücken fiel, und alle verstummten.

Audun Gåsland hatte am Waldrand hinter einem Wacholderbusch gelauert. Als alle im Lavvo verschwunden waren, hatte er sich näher herangeschlichen und die Spar-Tüte, in der seine Samentracht gelegen hatte, mit Rentierkot aus dem Gehege gefüllt. Er wollte gerade brüllend das Lavvo stürmen und die Touristen mit der Scheiße bewerfen, als kräftige Fäuste ihn packten und gegen einen Baum schleuderten.

Timo war durch die Pforte gekommen. Der erste Mensch, den er sah, war ein Mann in Samentracht, der mit einer Plastiktüte in der Hand auf eines seiner Lavvos zuging. Pekkonen überprüfte derweil die Verschläge am Eingang, bis auch er den Samen entdeckte. Vorsichtig ging er an Timo vorbei, der stehen geblieben war.

In Kirkenes hatten sie am Marktplatz angehalten, um ein Körbchen Erdbeeren zu kaufen. Da entdeckte Timo das Plakat im Fenster der Bibliothek: »SAMELAND. LIVE LIKE A SAME.« Während Pekkonen mit einer Frau aus Tana flirtete, die Mikrofasertücher verkaufte, riss Timo das Plakat ab und nahm es mit in die Bibliothek, um herauszufinden, wer es aufgehängt hatte. Als er wieder herauskam, hatte Pekkonen fünf Päckchen Mikrofasertücher gekauft. Timo hielt das Plakat in der Hand, auf das eine primitive Karte gezeichnet war.

Audun bekam Panik. Das Gezeter aus dem Lavvo war so laut, dass er Pekkonen nicht gehört hatte. Er zappelte im Griff des Finnen und schrie hysterisch. Timo ging mit einem Bowiemesser in der Hand auf ihn zu.

»You are dead.« Pekkonen schüttelte ihn, drückte ihn gegen den Stamm und übergab ihn Timo. »Meat.«

Timo fuchtelte mit dem Messer vor seiner Nase herum und schnitt den Zipfel seiner Samenmütze ab.

»You steal from Timo?«

Aber Audun bekam keine Antwort heraus. Der hellblaue Stoff seiner Hose wurde im Schritt dunkelblau, und er schluchzte hemmungslos.

Roy und Leif steckten die Köpfe aus dem Zelt. Die Japaner drängelten von hinten nach und wollten sehen, was draußen vor sich ging, aber Ailo schubste sie zur Seite und trat hinaus.

»Was zum Teufel ist hier los? Verdammte Sch…«

Timo stürzte sich auf ihn, bevor er ausreden konnte, und sie fielen zu Boden. Da erkannte Timo Leif und stand auf. »You are dead!« Er richtete das Messer auf ihn, Leif zog den Kopf zurück.

»Verdammt, Roy, wir müssen die Japaner loslassen, um uns selbst zu retten!«

Sie traten zur Seite, und die Japaner schwärmten aus dem Lavvo. Timo war irritiert, als plötzlich eine Mauer aus sechs Japanern in Samentracht mit Kameras in den Händen vor ihm stand.

Pekkonen ließ Audun los, der hinfiel und in den Wald flüchtete. Pekkonen wollte Timo helfen, rutschte aber auf einer Ladung Rentierkot aus und schlug mit dem Kopf gegen einen Baumstumpf.

Timo war versessen darauf, Leif zu finden. Der Schwachkopf auf dem Bild. Er stieß einen der Japaner beiseite, sprang in das Lavvo und fluchte. Es war leer. Dann spürte Timo einen Japaner auf dem Rücken. Und noch einen. Er schüttelte sie ab, aber da griffen ihn alle sechs auf einmal an. Sie warfen ihn zu Boden, ohrfeigten ihn abwechselnd mit der flachen Hand und schrien Worte, die er nicht verstand.

Und während er dort auf dem Boden lag, vor seinem eigenen Lavvo, mit sechs wütenden Japanern auf ihm, schwor er sich, dass der Dreckskerl von einem Dieb eine Abreibung bekommen sollte, die er nie vergessen würde.

Auf der Rückseite des Zeltes war das Fell ein Stück hochgezogen, wo Roy und Leif hinausgekrochen und im Wald verschwunden waren.

KAPITEL 41

Der Polizist, der den Arm ausstreckte und an der Tür klingelte, hatte einen weißen Fleck auf der schwarzen Lederjacke. Er stammte von dem Melonenjoghurt, den er zum Frühstück gegessen hatte. Er hörte es hinter der Tür mit dem goldenen Namensschild »GEIR HILMAR LØVÅS« läuten.

Ein zweiter Polizist kniete in der Einfahrt und füllte Gips in eine Reifenspur.

Geir Hilmar kam gerade aus dem Prix in Bjørnevatn, wo er eine Rolle Backpapier und fünf Päckchen Rosinen gekauft hatte. Er aß sie immer im Postauto, wenn er von Briefkasten zu Briefkasten fuhr.

Er war gerade von der Hauptstraße abgebogen. Die Straße durch das Wohngebiet machte nach ungefähr hundert Metern eine Rechtskurve. Geir Hilmars Haus war das fünfte auf der rechten Seite. Zwischen zwei Häusern hindurch sah er das Polizeiauto in seiner Einfahrt, bevor er die Kurve erreichte.

Verfluchte Scheiße, dachte er, bremste und wendete in der nächsten Einfahrt.

Das war nicht möglich. Wie hatten sie es herausgefunden? Er konnte es nicht fassen. Er hatte doch alles richtig gemacht.

Er fuhr auf die Hauptstraße zurück und bog nach Hesseng ab. Schweißperlen liefen ihm in die Augen, denn die Augenbrauen waren nicht schnell genug nachgewachsen, um sie aufzuhalten. Sein Herz raste.

Was soll ich jetzt bloß tun?, dachte er. Dass die Polizei ihn aufspüren könnte, hatte er nie ernsthaft erwogen. Tränen standen ihm in den Augen. Sie würden ihn einsperren. Er musste abhauen. Weit weg.

KAPITEL 42

Roy spähte aus dem Schlafzimmerfenster in den Garten. Irgendetwas war draußen umgefallen oder umgestoßen worden und hatte ihn geweckt. Er hatte gerade von einer nackten Frau mit Pferdeschwanz geträumt, die Isländisch sprach, und war sauer wegen der Unterbrechung. Doch der Ärger ging bald in Angst über, weil es laut an der Tür klopfte. Der Radiowecker zeigte 04:46.

Er streifte die abgeblätterte Farbe ab, die an seinen Füßen klebte. Es lagen so viele Farbplacken unter der Fensterbank wie nie zuvor.

Die Samentracht lag neben dem Bett auf dem Boden. Er stieg über sie zum Kleiderschrank und zog eine Jeans und ein schwarzes T-Shirt an. Leif und er waren so schnell sie konnten durch den Wald gerannt und hatten auf der Hauptstraße einen Molkereiwagen angehalten.

Es klopfte an die Tür, diesmal noch lauter.

Vom Küchenfenster erkannte er Timo, der mit einem Knüppel in der Hand in der Einfahrt stand. Er lehnte sich dicht an die Scheibe, und nun sah er auch Pekkonen vor der Haustür.

Roy hätte nie gedacht, dass die wahnsinnigen Finnen herausfinden würden, wo er wohnte. Er überlegte, ob er die Polizei anrufen oder sich durch das Fenster der Speisekammer auf der Rückseite des Hauses in die Büsche schleichen sollte.

Als ein Stein direkt neben seinem Gesicht das Küchenfenster zertrümmerte und in der Spüle landete, entschied er sich fürs Abhauen.

Roy kam aus dem kleinen Klo auf dem Flur und trocknete die Hände an der Hose ab, weil Leif kein sauberes Handtuch neben das Waschbecken gehängt hatte. Er hatte Leif von einer Telefonzelle aus angerufen, und Leif hatte ihn abgeholt.

Sie saßen im Wohnzimmer und sahen Frühstücksfernsehen, als wäre nichts geschehen. Roy wischte sich Fischrogenpaste aus den Mundwinkeln, trank Sirup aus einer Tasse und betastete vorsichtig die Wunde über der Augenbraue, wo ein Glassplitter vom Küchenfenster ihn getroffen hatte.

»Was ist mit den Japanern?«

»Was soll mit ihnen sein?«

»Was mit ihnen sein soll? Unser Samenlager wurde von gewalttätigen Menschen angegriffen, und wir haben unsere japanischen Gäste dort zurückgelassen. Und Fredrik! Vielleicht haben die Verrückten sie am Spieß gegrillt oder an der großen Kiefer aufgehängt.«

Leif biss in ein Käsebrot und schaltete den Fernseher aus.

»Fredrik geht's gut, er hat angerufen. Er ist hinter uns aus dem Zelt gekrochen, aber der Pesk hat ihn gebremst. Höllisch heiß, so ein Pelzding, weißt du.«

»Und die Japaner? Wenn sie tot sind, werden ihre Verwandten uns verklagen und Millionen von Kronen fordern. Was sollen wir tun?«

Leif sah Roy an. »Vielleicht sollten wir hinfahren und nachsehen?«

Roy nickte und trank seinen Sirup aus. »Ja, das sollten wir.«

Leif zeigte auf die Pforte, die zerstört im Heidekraut lag. »Willkommen in Samenland.«

Die Lavvos waren verschwunden, und das Rentiergehege war leer. Zum Glück hingen keine Japaner in den Bäumen. Sie waren auch verschwunden. Nur Kenjis Samenmütze lag neben den umgestürzten Bänken, wo das Lavvo gestanden hatte. Die Rentierfelle waren ebenfalls verschwunden.

Roy bürstete sich Birkenpollen vom Pullover. »Wir können ja fragen, ob wir unsere Jobs bei der Post wiederbekommen.«

Sie sahen einander an und begriffen, dass ihnen nichts anderes übrig blieb.

Es war eine schmähliche Niederlage. Ihr Leben, das so viel besser werden sollte, war wieder dort gelandet, wo sie angefangen hatten.

Bedrückt schlurften sie zum Auto zurück.

Svein Lupkes Minibus war zum Glück unbeschädigt. Leif war froh, dass er ihn abgeschlossen hatte. Sie stiegen ein und verließen Samenland, um Svein den Wagen zurückzubringen. Leifs Auto wollten sie später holen.

Im Kreisverkehr bei Hesseng begegnete ihnen ein Volvo Kombi mit finnischem Nummernschild und zwei Lavvos auf dem Dach.

Timo und Pekkonen hatten sich ein paar Hotdogs gekauft, bevor sie nach Hause fahren wollten. Als Timo Leif am Steuer des Minibusses erkannte, fiel ihm vor Überraschung die Wurst aus dem Brötchen.

»Pekko! Da fährt der Wichser, der die Lavvos gestohlen hat!«

Pekkonen reagierte schnell und blieb im Kreisverkehr, sodass sie direkt hinter dem Minibus waren. Timo versuchte, die glitschige Wurst vom Boden zu fischen.

»Scheißwurst!«

Leif erkannte sofort die Lavvos und den Mann auf dem Beifahrersitz und gab Gas. Roy sah ihn fragend an. »Was zum Teufel soll das? Fahr langsamer.«

Leif zeigte mit dem Daumen nach hinten. »Das sind unsere Lavvos, und im Auto sitzt einer der Typen von gestern. Sie verfolgen uns.«

Roy drehte sich um und erkannte Pekkonen am Steuer und neben ihm Timo, mit dem Bowiemesser in der Hand.

»Gib Gas, Leif! Fahr so schnell du kannst!«

Timo prallte gegen die Rückenlehne und schrie vor Schmerz, als Pekkonen einen höheren Gang einlegte. Er hatte sein Bowiemesser gezogen, um die Wurst aufzuspießen, die auf der Fußmatte hin und her rollte. Nun steckte es in seinem großen Zeh.

Sie waren direkt hinter ihnen. Pekkonen bremste scharf, als der Bus bei der Zulassungsstelle abbog, auf dem Parkplatz wendete und in voller Geschwindigkeit wieder Richtung Hesseng fuhr. Dann nahm Leif im Kreisverkehr die Abfahrt Richtung Flughafen und flitzte den Berg hinauf. Er kam ins Schleudern, weil er am Zebrastreifen einer alten Dame mit Rollator ausweichen musste, gewann aber die Kontrolle über das schwere Auto wieder und raste in die Achtzig-Kilometer-Zone.

Pekkonen und Timo lagen die ganze Zeit Stoßstange an Stoßstange mit ihnen und signalisierten, dass sie anhalten sollten. Aber Leif hielt nicht an. Er hatte Todesangst vor dem Wahnsinnigen mit dem Messer, drückte das Gaspedal durch und jagte die Kurven hinter dem Flughafen hinunter und weiter zum Munkefjord.

Auf halbem Weg zum Fjordende hatte Timo die Schnauze voll. Sein Fuß tat weh, und die Wut über den unverschämten Dieb, der so nah und doch so unerreichbar war, machte ihn fast wahnsinnig. »Los, ramm sie, Pekko! Ramm die Schweine!«

Die Straße war kurvig und die Böschung fiel steil zum Fjord ab. Pekkonen zögerte. Es war in Ordnung, ein paar Norweger zu verprügeln, aber jemanden bei dieser Geschwindigkeit von der Straße zu drängen, konnte lebensgefährlich sein.

»Beruhig dich, Timo. Irgendwann müssen sie ja anhalten.«

»Nein, jetzt!« Timo warf sich nach links und drückte Pekkonens Fuß auf das Gaspedal. Das Auto machte einen Satz nach vorn und rammte den Minibus kurz vor einer Kurve.

Leif und Roy wurden gegen die Rückenlehnen geschleudert, und Leif verlor die Kontrolle. Sie schossen in der Kurve von der Straße, schwebten ein paar unendliche Sekunden durch die Luft und landeten auf dem steinigen Strand. Der Minibus überschlug sich, drehte sich einmal um die eigene Achse und kam wieder auf den Rädern zu stehen, zertrümmert und mit eingedrücktem Dach. Ein Schwarm Möwen flog verstört auf, landete aber gleich wieder ein Stück weiter, als sei nichts geschehen.

Timo und Pekkonen hatten angehalten und betrachteten das Wrack am Strand.

»Verdammte Scheiße, Pekko. Das sieht übel aus.«

»Was hast du getan, Timo? Du kranker Idiot.«

»Ich war stinksauer. Schau dir meinen Zeh an, verdammt. Das hab ich nicht gewollt, ich wollte sie nur stoppen.«

»Wir müssen nachsehen, ob sie schwer verletzt sind.«

Timo und Pekkonen bahnten sich einen Weg durch den schmalen Streifen Birkenwald zwischen Straße und Strand, als sie sahen, dass eine Tür des Minibusses aufging. Leif kletterte heraus, offensichtlich unverletzt, und ging auf die Beifahrerseite, um Roy zu helfen. Als auch Roy draußen war und auf eigenen Beinen stand, beschlossen Timo und Pekkonen schnell abzuhauen, bevor Krankenwagen und Polizei auftauchten.

Leif hörte, wie oben auf der Straße ein Motor startete und sah gerade noch das Autodach und die Lavvos über den Baumkronen, bevor die Finnen verschwanden. Er war erleichtert.

»Roy, sie sind weg.« Roy setzte sich auf einen Stein und betrachtete das Wrack. Leif setzte sich neben ihn. »Was machen wir jetzt, Leif?«

»Ich weiß nicht.«

»Ist ganz schön schiefgegangen, was?«

»Das kann man wohl sagen.«

»Ich hab tierische Kopfschmerzen.«

»Jepp.«

Roy trat mit der Schuhspitze in den Sand und blickte über den Fjord. Auf der anderen Seite tuckerte ein kleines Boot am Ufer entlang. Ein Schwarm Enten landete elegant auf dem Wasser. Roy beobachtete sie, und plötzlich sah er etwas anderes im niedrigen Wasser zwischen ihnen und den Enten dümpeln. Etwas Schwarzes. Er stand auf und schirmte mit der Hand die Sonne ab. Leif sah ihn fragend an.

»Pfadfindergruß?«

Roy ging näher ans Ufer. »Nein. Da liegt was im Wasser. Sieht aus wie Koffer. Vier Koffer.«

KAPITEL 43

»Wikingerzüge.«

»Was?«

»Stell dir ein Wikingerschiff mit Platz für vierzig bis fünfzig Touristen vor, Roy. Wir verteilen Wikingerklamotten, Plastikschwerter und Schilde an alle und dann dürfen sie selbst rudern, vom Kai bis zum Strand, und dort spielen wir einen Wikingerüberfall. Dann gibt es Met und ein bisschen billiges Bier aus Plastikhörnern. Und Schwertkämpfe.«

Gäste mit Samenmützen auf den Köpfen gingen durch die große Pforte ein und aus, auf der in großen schwarzen Buchstaben SAMENLAND stand. Sie hatten Holzkrüge mit Geisterbräu in den Händen, und im Hintergrund erklang leiser Joik aus Lautsprechern. Roy saß unter freiem Himmel an einem runden Tisch und machte die Abrechnung der vorigen Woche. Leif saß in Bermudashorts neben ihm und zwinkerte einer Sechzigjährigen am Nebentisch zu. In der Küche stand Geir Hilmar mit einer Samenmütze und rührte im Giros, das in den Töpfen köchelte. Es war ein schöner Tag.

Roy schaute hinüber zu Janita, einer auffallend schönen Frau, die im Souvenirladen auf der anderen Straßenseite Postkarten und T-Shirts an ferienfrohe Touristen verkaufte. »Greetings from beautiful Algarve« und »Sunny Albufeira«, mit Bildern von kreideweißen Stränden zwischen massiven Klippen. Er hatte sich noch nicht getraut sie anzusprechen.

»Glaubst du nicht, es wäre ein bisschen zu heiß hier, um in Wikingerkluft zu rudern? Dein Wikingerschiff würde mit einem Haufen ohnmächtiger Touristen in Afrika landen.«

Leif schüttelte den Kopf. »Wir können ein Feuer am Strand machen und Wildschweine grillen. GO BERSERK – GO VIKING! Oder so was in der Art.«

»Willst du das Wikingerschiff selbst bauen?«

»Nein, aber … Scheiße, Roy, das ist Gold wert. Die Leute lieben so was. Opfer und Festgelage. Das wird wie ein Spanferkel-Fest, nur mit Wikingerkulisse. Schiffe kriegen wir schon irgendwoher. Man muss es nur wagen.«

»Und du glaubst, dass die Tourismusbranche und die lokalen Behörden sich freuen, wenn jeden Tag vierzig bis fünfzig besoffene Touristen in Wikingerkluft mit Plastikschwertern ihren Strand stürmen?«

»Wenn du immer nur Hindernisse anstatt Möglichkeiten siehst, erreichen wir nie was.«

»Vielleicht können wir auch Geir Hilmar bitten, einen neuen Coup zu planen?«

Die Pforte umrahmte den Eingang des weiß gekalkten Hauses in der geschäftigen Fußgängerzone. Um die Tische im Lokal saßen hungrige Menschen und spießten Rentiergulasch auf ihre Gabeln. Ganz hinten war eine kleine, dreieckige Bühne. Dort unterhielt Leif die Gäste, wenn die Sonne hinterm Horizont versunken war und die Stimmung in Samenland stieg. Er spielte selbst komponierte Lieder, und manchmal, wenn es besonders spät wurde, zog er die Samenmütze auf und joikte. Soweit sie wussten, war dies das einzige samische Restaurant der Welt.

Auf dem Tisch vor Roy lag eine mehrere Wochen alte Ausgabe der Sør-Varanger Zeitung. Er hatte einen zweiseitigen Artikel aufgeschlagen, mit einem Bild von Audun Gåsland, der in Samentracht zwischen zwei Polizisten und neben einer abgesägten Fahnenstange stand.

SAMENGUERILLA NICHT SAMISCH
In der Nacht zum Dienstag nahm die Polizei einen ca. 35-jährigen Mann fest. Nachbarn hatten sie alarmiert, nachdem sie eine Person in Samentracht beim Absägen der Fahnenstange im Garten des Bürgermeisters beobachtet hatten. Inzwischen hat sich herausgestellt, dass der Mann, der hinter der Zerstörung von insgesamt acht Fahnenstangen in Kirkenes steht, kein Same ist. Der Mann, ein Angestellter der Gemeinde Sør-Varanger, hat bis jetzt keine vernünftige Erklärung für seine Tat abgegeben. Jedoch fiel während des Verhörs mehrfach der Name Gonzo. Die Polizei fordert unsere Leser auf, sich zu melden, wenn sie einen Mann namens Gonzo kennen, der sich in den letzten drei Monaten im Raum Kirkenes aufgehalten hat, oder von dieser Person gehört haben.

Roy und Leif hatten die Koffer aus dem Wasser gefischt und entdeckt, was darin war. Dann hatten sie Geir Hilmar angerufen und gefragt, ob er sie abholen könnte. Geir Hilmar hatte gerade bei Esso an der Kreuzung von Hesseng getankt und mit zitternden Händen einen Schokoladenmuffin und zwei Flaschen Limo auf die Theke gestellt. Er wollte nach Finnland und nicht anhalten, bis er in Rovaniemi war. Dort wollte er tanken und nach Piteå in Schweden weiterfahren, wo er im Auto schlafen würde. Sein Ziel war Belgien. Niemand fuhr nach Belgien, also würde auch niemand dort nach ihm suchen. Vielleicht könnte er einen Job in einem Weingut finden, Trauben stampfen und an der frischen Luft arbeiten. Oder vielleicht in einer Käserei. Das Telefon klingelte, und Geir Hilmar erschrak so sehr, dass er dem pickeligen Teenager, der neben ihm an der Kasse stand, ein Zwiebelwürstchen aus der Hand schlug. Er traute sich kaum, aufs Display zu schauen, denn er war sicher, dass es die Polizei war. Aber es war nur Leif.

Als er die Koffer sah, erzählte er ihnen alles. In den letzten Tagen hatte er versucht, Berichte über die Meeresströmung im Varangerfjord zu bekommen. Als die Frau vom Meeresforschungsinstitut fragte, wozu er sie brauche, sagte er, dass er ein paar Koffer im Wasser verloren habe. Im selben Augenblick erkannte er, wie dumm dies war. Wenn ein anderer die Koffer fand, könnten sie ihn damit in Verbindung bringen. Als die Frau fragte, wem sie die Berichte schicken solle, legte er auf.

9,6 Millionen Kronen. Auf Leifs Küchentisch teilten sie das Geld gerecht unter sich auf und fuhren nach Portugal.

Roy setzte die Sonnenbrille auf, die aus seiner Brusttasche hing. Ein Stück weiter lag eine Bäckerei, und der Duft frisch gebackener Brote stieg ihm in die Nase. Er legte den Kopf zurück und genoss den Augenblick. Die Wärme, die Sonne, die Touristen, die munter miteinander schwatzten. Er hatte sogar begonnen, ein Buch zu schreiben. Auf der Veranda.

Aber das einzige samische Restaurant der Welt war leider kein besonders einträgliches Geschäft. Eine Speisekarte mit nur zwei Gerichten erleichterte den Gästen die Wahl, doch es kamen zu wenig, und die Ausgaben türmten sich. Es war teuer, Rentierfleisch nach Portugal zu importieren, und das Geld von dem Überfall war längst ausgegeben.

»Gestern habe ich mit einem Besoffenen aus Belgien gesprochen. Er hat ein Vermögen mit falschem Safran aus der Türkei verloren und muss seine Bananenplantage auf den Kanarischen Inseln verkaufen.«

»Und?« Roy schaute von seinen Unterlagen auf.

»Könnte das nicht was für uns sein?«

»Falscher Safran?«

»Nein. Die Bananenplantage, Roy. Bananen.«

»Wir und 70 000 Bananen, die an den Bäumen hängen und bei vierzig Grad gepflückt werden müssen? Geniale Idee.«

»Nicht doch. LEBEN SIE EINE WOCHE WIE EIN BANANENBAUER. Das ist das Konzept. Eine originelle Art, die Ferien zu verbringen. Solche exotischen Ferien sind zurzeit beliebt. Aktivurlaub, weißt du. Und zwischendrin können wir die Gäste zum Abkühlen an den Strand fahren.«

Roy grinste. »Bananenland.«

»Jepp. Wir können Schälwettbewerbe arrangieren. Vielleicht die erste WM im Bananenschälen. Die Leute lieben so was. Wir ziehen von Strand zu Strand, schenken billigen italienischen Bananenlikör aus und wählen jede Woche einen Bananenpflücker-König oder eine Bananenpflücker-Königin. Das ist bombensicher, Roy. Alle lieben Bananen.«

DANKSAGUNG

Ein großer Dank geht an Arild Stensund für seinen einmaligen Enthusiasmus und guten Rat. Ohne ihn wäre dieses Buch nicht entstanden. Danke an Christian Kjelstrup für seine hilfreichen Instruktionen und seine Geduld. Danke an Astrid, meine Frau und wichtigste Testleserin! Und einen besonderen Dank an meinen alten Dell-Laptop, der nicht mehr unter uns weilt. Wir haben viele seltsame Dinge zusammen erlebt.

Diplom

Dieses Diplom wird ausgestellt für

Gratuliere, Deine spirituelle Reise ist vorbei, Du hast Dein inneres Rentier gefunden!

Dein Joik hat die Grenze zwischen unserer Wirklichkeit und der Geisterwelt überschritten, und Du bist im Einklang mit der Natur und in Harmonie mit Dir selbst.

Roy Åsen

Leif Samuelsen

FINDE DEIN INNERES RENTIER

Spielregeln: Rücke von 1 (Start) im Uhrzeigersinn nach innen vor. Mach dich über alle lustig, die hinter dir liegen, und mach alle schlecht, die vor dir liegen. Benutze als Spielfigur Salzlakritz, Hostien, Schrotpatronen, Kopfschmerztabletten oder was immer zu dir passt.

1. Du hast deinen Job bei der Post gekündigt, um Samenland zu eröffnen. Viel Glück!
2. Du bist im Lavvo gelandet und trinkst zu viel Geisterbräu. Dafür gewinnst du im Joik-Wettbewerb. Gehe ein Feld zurück und zwei vor.
3. Setze eine Runde aus, während die 51-jährige Schauspielerin Gerd ihren Willen mit dir bekommt.
4. Audun Gåsland hat deine Fahnenstange abgesägt. Zurück ins Lavvo, um den Frust runterzuspülen.
5. Pierre und Eloise bombardieren dich mit schwierigen Fragen über die Geschichte der Samen. Setze eine Runde aus und denke dir Antworten aus.
6. Ailo Ballo fragt sich, wo seine Rentiere sind. Noch einmal würfeln, damit du um dein Leben rennen kannst.
7. Timo und Pekkonen drängen dich von der Straße! Schubse deine Spielfigur vom Tisch und setze zweimal aus.
8. Du wirst von einem gigantischen rosa Kaninchen überfallen. Einmal aussetzen.

Mitte (Ziel): Gratuliere! Du hast dein inneres Rentier gefunden! Joike im Siegesrausch, bis alle Mitspieler es nicht mehr aushalten und verschwinden.